時代小説傑作選

土方歳三がゆく

細谷正充 編

JN030556

集英社文庫

目次

時代小説傑作選

土方歳三がゆく

よわむし歳三

門井　慶喜

門井《かどい》　慶喜《よしのぶ》（一九七一～）

昭和四十六年、群馬県に生まれる。同志社大学文学部卒。平成十五年に「キッドナッパーズ」で第四十二回オール讀物推理小説新人賞を受賞してデビュー。ミステリー作家として活動を始める。平成二十八年に『マジカル・ヒストリー・ツアー　ミステリと美術で読む近代』で、第六十九回日本推理作家協会賞　評論その他の部門を受賞。同年、大阪文化を担う人材に贈られる、第三十四回咲くやこの花賞　文芸その他部門も受賞した。平成二十五年に刊行した『シュンスケ！』『かまさん』（後に『かまさん　榎本武揚と箱館共和国』と改題）から歴史小説にも乗り出す。平成三十年に『銀河鉄道の父』で第百五十八回直木賞を受賞した。

「よわむし歳三」は「小説宝石」（平26・6）に掲載、『新選組颯爽録』（光文社　平27刊）に収録された。

武蔵国《むさしのくに》多摩《たま》郡石田《いしだ》村の豪農・土方伊左衛門《ひじかたいざえもん》の四男坊である歳三《としぞう》が、天然理心《てんねんりしん》流三代目宗家《そうけ》・近藤周助《こんどうしゅうすけ》に、

「入門をゆるされたし」

と手をついて頼んだのは、安政《あんせい》六年（一八五九）春のことだった。

近藤周助、六十八歳。

つぎの宗家はもう決めている。門弟のなかから人物、技量ともに第一の勝太《かった》という男をえらびだし、実家の養子としたのだった。周助は勝太へ、

「どう思う？」

と聞いた。場所は、江戸小石川小日向柳町《こいしかわこびなたやなぎちょう》の道場・試衛館《しえいかん》。あくる日の晩のことだから、歳三当人はそこにはいない。

「だめでしょうな」

勝太は、言下に断じた。その荒磯《ありそ》の岩へごつごつ鑿《のみ》をあてて造りあげたような粗野な顔をいっぱいにゆがめて、

「あれは、デレスケです」

デレスケというのは多摩および北関東の方言で、だらしないとか、不誠実とか。成人男子への評価としてはまず最悪に属するが、これはまあ、

(たしかに)

周助にも、そのように思われた。

何しろ歳三という男、仕事が長つづきしたことがない。十一歳のころ、江戸上野《うえの》の呉服屋・松坂屋《まつざかや》へ奉公に出されたときは番頭と大げんかをして家に帰ってしまったし、十七歳になって日本橋大伝馬町《にほんばしおおでんまちょう》のさる呉服屋で奉公したときは女中に手を出して放逐された。

いまはもう二十五歳になるというのに、どこへ腰をおちつけるでもなく、

「石田散薬《いしださんやく》」

という骨つぎ、打ち身にきく土方家伝来の薬の行商をしているという。そういうかたちで実家のすねをかじっているのだろう。

「入門は、みとめるべきではありません」

勝太は、師にそう言った。歳三の名など口に出すのも汚《けが》らわしいと言わんばかりだった。

「そうか」

周助はうなずき、ちょうど部屋へ入ってきた若い門人へ、

「お前はどう思う、総司《そうじ》？」

沖田《おきた》総司、十八歳。ひとたび木刀を取れば勝太をさえ打ち負かすことしばしばで、
周助老人もつねに、

「勝太に万一のことがあったら、つぎの宗家は総司にたのむ」

と公言しているほどの天才だが、しかしその風貌は天才とはほど遠い。あどけない、よく日焼けした、単なる健康な一少年だった。どういうわけかにこにことして、
勝太のななめうしろに着座して、

「どう思う、と言われましても。勝太さんとおなじです。もっとも理由は少しちがうでしょうね。歳三さんには悪いけど、あの人、からっきし腕力がないんだ」

天然理心流では、原則として竹刀《しない》はもちいない。

重さが半貫――一・八キロ超――もある独特の木刀を使う。にぎりの太さは通常の三倍。全身にしっかり肉がついていなければ素振《すぶ》りもままならぬしろものだが、

「歳三さんには、あれは無理でしょうね。背も低いし、もう二十五だし、これから修行するにしても切紙《きりかみ》か目録がせいぜいのところか」

ふわっとした口調ながら、言うことは冷酷をきわめている。切紙や目録というのは全六段階ある天然理心流の伝法《でんぽう》のうち最低の二段階の名称なのだ。

「その修行すら、あいつはするかどうか」

と、勝太はつぶやき、天井を見た。ほたほたと規則正しい音がするのは、外で雨がふっているのだろう。

雨だれの音を聞くうち、勝太は、ふと気づいたらしい。師の周助のほうへ顔をもどして、

「しかし宗家」

「何だね」

「そんなことを、なぜ私たちへお聞きになるんです？　歳《とし》さんはときどき、この試衛館へも顔を出してる。その人間も、剣の未熟も、宗家ご自身よくご存じのはずではありませんか。まさか入門をみとめるおつもりなのでは？」

周助は腕を組み、はじめて渋面をつくって、

「佐藤《さとう》家の口添えがある」

「……ああ」

そういうことか。勝太は、そんな失望の顔をした。

佐藤家とは、この場合、甲州《こうしゅう》街道日野宿《ひのじゅく》の下名主をつとめる旧家である。おなじ豪農でも屋敷に門をかまえるとか、玄関に式台をもうけるとかいう武家の普請《ふしん》をゆるされているあたり、特権階級に属している。声望、財力、群を抜いていることは言うまでもなし。

「お前も知っているであろうが、勝太よ、わが天然理心流一統はあの家の当主・彦《ひこ》五郎《ごろう》殿に世話になっておる。佐藤家の屋敷内に出稽古の道場もつくってもらったし、この江戸の試衛館へもたびたび奉財してもらっている」

その金親《かねおや》に「ぜひに」と言われれば拒絶するのはむつかしい、周助はそう言っているのだった。勝太は不快げにそっぽを向いて、

「なるほど。歳さんの姉ののぶさんは、彦五郎殿のご妻女だからな」

「お前の気持ちはわかるがな、勝太。この不景気のご時世だ。理想《のぞみ》だけでは道場商売はなりたたんよ」

「……手かげんはしませんぞ」

「結構」

こんな師弟のやりとりを、沖田はあいかわらず笑いながら聞いている。

「こりゃあ歳三さん、苦労するなあ」

と、二、三度、首をふったのは、歓迎の意か、それとも心配しているのか。土方歳三、ほどなく入門をゆるされた。

†

むろん歳三は、おのれの評判を知っている。

特にあの生《き》まじめが人に化けたような勝太など、

(俺のこたあ、女ったらしの怠け者ぐれえにしか思ってねえ)

実際、これまでの人生は、典型的な末っ子のそれだった。われながら甘えん坊で、人気者で、話をさらうのがうまい。むろん着るもの食うものにこまったことはない。

しかも、役者絵から抜け出してきたような美男だった。

見知ったばかりの女に言い寄っても、相手はたいてい、かたちばかり抵抗を示しただけで歳三になびいた。なかには、

「心中する」

と言い出したのもひとりやふたりではない。日本橋大伝馬町の呉服屋で女中に手を出したのはほんの手なぐさみのようなもので、ほかにも行商の道すがら、いくつか女がらみの問題を起こしている。そのつど実家の土方家へ、

「あんたンとこの歳三が」

と苦情がもちこまれたことは言うまでもない。このまま泰平の世がつづいていたら、歳三は、つまらぬ色男のまま老残の身をさらしていただろう。

が。

ペリーが浦賀《うらが》に来た。

西洋文明そのものが巨大な津波となって押し寄せて来た。海から離れた武州《ぶしゅう》多摩郡の歳三の頭上へも、この津波はぞんぶんに飛沫《しぶき》をあびせる。歳三は興奮とともに、

「このままじゃいかん」

という個人的な焦燥をおぼえ、

「大樹様《たいじゅ》（将軍）を、おまもりせねば」

幕府への赤誠《せきせい》をめざめさせた。

この発想は、だいぶん飛躍があるように見える。少なくとも、こんにちの私たちの目には唐突の感はまぬかれまい。が、歳三にとっては唐突どころか、両者はなだらかに連結しているのだった。

というのも、土方家はもともと帰農の家であり、さかのぼれば先祖は武士だった

という伝承がある。実際、この家の当主は、代々、
隼人《はやと》
という旗本ふうの名を名乗っていた。たとえば歳三の父なども、通称は伊左衛門ながら、正式には、
土方隼人義諄《よしあつ》
ということになっている。ペリー来航、黒船襲来という未曽有《みぞう》の国難が生じたいまこそ鋤鍬《すきくわ》をすて、刀をとり、徳川《とくがわ》将軍の旗本へ馳《は》せ参じなければならぬというのは、歳三には親への恩返しのごとく当然きわまる決意だった。女へちょっかいを出している場合ではない。
もっとも、そのためには、
（剣術だ）
これもまた当然のことだった。そこで歳三は行商のかたわら、めぼしい道場を見つけては門をたたいて、
「一手、ご指南を」
しかし何しろあきんどの身、ご指南の前にそもそも構えが決まらない。すり足もおくり足も見るに堪えない。どこの道場のあるじも指南料をたっぷり取り立てたあ

げく、

「出なおしてまいれ」

歳三はただ諸流派のつまみ食いしかできぬまま、二つ、三つと年をかさねるばかりだった。蝸牛《かたつむり》の背に乗ったような焦燥感。そんなとき、

「うちに来ないか」

と言ってくれたのが、姉のぶの夫、佐藤彦五郎だったのだ。

「歳三さん、私が屋敷に道場をもうけ、天然理心流の稽古場としていることは知っているだろう。天然理心流は寛政《かんせい》年間に鹿島神道流《かしましんとう》から分派したもので、さほど伝統があるわけではないが、古武術のながれを汲《く》むだけに、浮薄な流行を追うことはせぬ。実戦むきの剣法だ」

「はあ」

「もっとも、宗家の近藤周助殿は高齢でな。かわりに島崎《しまざき》勝太という青年が江戸から出稽古に来てくれる。お前とちがって実直な男だ。たしか、ひとつふたつ年上だが、剣の面でも人間の面でも学ぶことは多い。よかったら口添えしてやろう」

歳三は生来、慎重な男だ。

すぐには諾とも否とも言わず、ただし佐藤家へはしばしば足をはこんで勝太と世

間ばなしをしたりした。ときおり江戸へ出たときには天然理心流本店というべき小石川小日向柳町の試衛館をもおとずれて周助じきじきに技を見てもらったりもした。いうなれば、研修期間をみずから設けた。その上で、正式に、

「入門をゆるされたし」

周助に手をついて頼んだのだった。数日後、

「ゆるす」

という知らせを彦五郎を通じて受け取ったときには、ほっとする前に、

(だいじょうぶかな)

と思ったという。兄弟子にいじめられるかもしれぬと本気で恐れた。天然理心流独自の極端にふとい重い木刀が、ずっしりと手のなかで底光りしている。

†

(いじめてやる)

と思う兄弟子は、たしかにいた。

原田左之助《はらださのすけ》、二十歳。

歳三より五つ年下だが、入門は半年ほど早い。ふだんは江戸の試衛館に居候して

いる。館内屈指の槍《やり》の使い手だった。

或《あ》る朝、まだ酒ののこる頭をさすりつつ起き出してみると、光のさしこむ中庭の縁側で、勝太がひとり腰をおろし、脛《すね》に脚絆《きゃはん》を巻いている。

「おや、若先生。旅じたくですか？」

「いま起きたのか」

勝太は手をとめ、眉をひそめる。左之助は聞こえなかったふりをして、

「そうか、きょうは日野への出稽古でしたね。いまから出りゃあ、若先生の足なら日暮れ前には着くでしょう。むこうでは歳三が？」

一瞬、残忍な顔になった。勝太は、

(いやな予感が)

とでも思ったのだろう。目を伏せ、ふたたび脛に手をまわしつつ、

「……ああ。門人たちと、あらためて初顔あわせだ」

「俺も行く」

左之助は袖をまくり、左手で二の腕をしごきあげると、やおら行李《こうり》のある部屋へ走りだした。勝太はその背中へ、

「おい、左之助！」

「着がえますから、ちとお待ちを。あのデレスケの入門披露の立ち合いの相手は、この左之助がつとめてしんぜる」

左之助は、伊予松山《いよまつやま》藩の出身。藩士ではない。藩士につかえる中間《ちゅうげん》の家の出だった。子供のころから頭の回転が速かったし、読み書きも上手だったが、それだけに毎日荷かつぎや門番などという単調な仕事をやらされるのが耐えられず、たびたび悶着《もんちゃく》を起こした。江戸への出府を命じられたのも、おそらく国もとでは持てあましたのだろう。

出府後まもない、或る晩のこと。酒を飲んで三田《みた》の藩邸に帰ったら、年上の仲間がよってたかって言いがかりをつける。門限がどうのとか、ふだんの態度がどうのとか、まず他愛ないものだったのだが、左之助は、

「相済《あいす》みませんでした」

と口先だけで言えるような男ではない。よせばいいのに、

「先輩面《づら》していい気になるな。俺あなあ、上から俺を見るやつが大っきらいなんだ」

とっくみあいの喧嘩《けんか》になった。

多勢に無勢。左之助は裸にされ、うしろ手にしばられ、猿ぐつわをかまされた挙句さんざん水をぶっかけられた。

「あやまれ、左之助。あやまればゆるしてやる」

と言われても、とうとう謝罪のことばを口にしなかったというから自尊心がよほど強い。ほどなく左之助は脱藩したが、その脱藩も、こういうあたりの鬱屈に原因があったにちがいなかった。

そんな左之助が、どうして歳三を目のかたきにしたか。

ろくろく挨拶もしたことのない相手なのにだ。おそらくこれは、

（居候だからだろう）

と、勝太は見ていた。左之助という男はどれほど腕が立とうが、どれほど反骨心にあふれようが、しょせん世間的には道場にただめしを食わせてもらっている無宿者のひとりにすぎぬ。

ということは要するに金親である日野の佐藤家に食わせてもらっているということであり、こういう意識が、左之助のつよすぎる自尊心をして、

（ふん、いなか分限《ぶげん》が。いい気になりやがって）

過剰に反応させているのだろう。そうして歳三は佐藤家の姻戚。左之助にとっては「上から俺を見る」連中の筆頭だった。

さて、その日。

夕方ころ、勝太と左之助は日野に着いた。

甲州街道に面した門をくぐり、広大な庭をとおりぬけて母屋へ上がる。母屋はしばしば参勤交代中の大名なども泊まるだけに、切妻瓦葺《きりづまかわらぶ》き、式台つきで、床《ゆか》の高さが土間から三尺弱——約八〇センチ——もある。まことに堂々としたものだった。

もっとも、あるじの彦五郎への挨拶をすませてしまうと、勝太はさっさと草履をはき、庭へもどってしまう。門のちかくには神社の境内をおもわせる白い玉砂利の敷かれた一画があり、その上で、

「えいっ」

「とおっ」

などと声をあげつつ門人たちが稽古をしている。佐藤家の道場とは、つまり野天の道場だったわけだ。門人のひとりが勝太に気づくと、

「あっ。若先生」

たちまち全員あつまってきた。近隣の農家や商家の子弟がほとんどだから、素朴

というか、剣術ずれのしていないのが勝太にはこのましい。たすき掛けのたすきも江戸の剣客のような白もめんはほとんどなく、稲わらを綯《な》った小汚い細縄ばかりだった。

そのなかに、歳三もいる。

勝太は歳三を横に立たせ、入門のことを告げた。みな生まじめに、

「よろしくお願いします」

などと頭をさげるけれども、左之助のみは少し離れ、肩ならしとばかり二本の木刀で素振りをしている。勝太の訓辞が終わったところで素振りをやめ、

「それじゃあ歳さん、初手《はつ》合わせといこう」

舌なめずりせんばかりの顔で、木刀を一本、ぽんと歳三へほうってよこした。

季節は、春。

あたりは夕やけ色でそめられていて、からすの声が聞こえる。門人たちが引き下がり、輪をつくった。その輪のまんなかで左之助と歳三がふたりだけ、蹲踞《そんきょ》の姿勢で相対する。

勝太がすすみ出て、

「審判は、私がつとめる。はじめっ」

合図の太鼓が鳴らされた。

左之助、歳三ともに立ちあがり、中段のかまえ。

（殺《や》る）

とまで、このとき左之助は思っている。

意図的に殺すのはゆるされないが、流れのなかで起きた「事故」ならば、

（誰も文句をつけられまい）

のちのち京へのぼって新選組の一員となったとき、同志だろうが敵だろうが、ふたことめには、

「斬れ斬れ」

と言ったという左之助の気のみじかさが早くもあらわれている恰好《かっこう》だが、ただし左之助は、歳三に対し、しゃにむに木刀をふりまわすつもりはない。

（のどを、突き破る）

その瞬間をねらっている。

もともと左之助は剣よりも槍のほうが得意だった。種田流《たねだ》をつかう。脱藩し、試衛館に来てからは剣の稽古もするようになったけれど、地金《じがね》が出るというべきか、左之助の体はやはり胴だの小手だのを取るよりも、伸びのある、

「突き」

で決着をつけたがるのがつねだった。今回もそうだった。左之助は、こまかく剣先を上下させた。

歳三は、あっさり誘われた。

木刀の位置がふらりと落ちた。白いのどぼとけがあらわれる。左之助は、

「うりりりりゃあっ」

自分でも何と言ったのかわからない巻き舌の喚声をあげつつ、どんと地をふみ、体ごと両手をつきだした。歳三は意外にも、
戛《か》っ
と払った。予想していたのだろう。

「わっ」

左之助の木刀が、右へながれた。

たたらを踏んだ。歳三の体にぶつかりそうになり、飛びしさったが、そのことがかえって間合いを絶妙にした。歳三が右足をふみこんで、

「御免！」

まっこうから斬りおろした。

面あり。

左之助の負け。

……に、ふつうならなっていたろう。だが行商人はしょせん行商人だった。筋力がない。まるで鳥黐《とりもち》にでも捕らえられたかのような太刀《たち》ゆきの遅さに左之助はむしろ唖然《あぜん》とした。

左之助にはじゅうぶんな時間があった。片ひざ立ちになり、木刀をにぎりなおし、あまつさえ歳三の右胴をぴしっと打ち返すだけの時間が。

「うっ」

歳三は顔をゆがめ、体をくの字におりまげた。

剣先があさってのほうを向いた。左之助は立ちあがり、がらあきの頭めがけて打ちおろした。防具はつけていない。歳三の頭は西瓜《すいか》のごとく割れ、赤いしぶきを散らすだろう。

「成仏っ！」

が。

左之助の木刀は、目標物にとどかなかった。

歳三のひたいの一寸《いっすん》上で、ごつごつした、岩石そのものの素手によって握りとめ

られた。左之助は愕然《がくぜん》として、

「若先生！」

勝太は手首をひねり、それだけで左之助から木刀をもぎとると、

「聞こえなかったか？　胴一本で勝負ありだ」

「ど、胴……」

「いいかげんにしろ、左之助」

もう片方の手で音高く左之助の頬を平手打ちして、

「無私であるべき一番勝負に、お前は私情をもちこんだ。技倆《ぎりょう》以前の問題だ」

左之助はしおしおと首を垂れて、

「相済みません、若先生」

勝太はこわい顔のまま、こんどは歳三へ、

「あんたも、身を入れて修行せねばな」

歳三はしかし、意外な反応をした。

顔こそ青ざめているけれど、目を光らせて、

「もうじき夏の土用です」

と言ったのだ。

「はあ？」

左之助が口をあけると、歳三は目を光らせ、人間の意思そのものを押し殺したような声で、

「土用の丑《うし》の日に、左之助さん、ぜひ石田村に来てくれませんか。私の故郷です。この日野からは一足《ひとあし》です」

†

石田村は、歳三のふるさと。

いまも土方の実家があり、次兄の喜六《きろく》が当主となっている。

が、左之助がたずねて行ったところ、歳三はおらず、かわりに盲目の長兄・為次郎《ためじろう》が杖《つえ》をつきつつ母屋から出てきて、

「きょうは土用の丑の日だ。歳三のやつあ、朝から浅川《あさかわ》のつゞみに行ってるよ」

「つゞみ……堤防《なみよけ》ですか？」

「そうだよ」

土方家を辞し、おしえられた堤防にのぼってみる。誰もいない。左之助はさわやかな風に頬をなぶられ、つかのま猛暑をわすれたが、いま来たほうを見おろすと、

「ほう」

村がまるごと視野におさまる。ちょっとした絶景だった。

高い場所から見るとよくわかるのだが、石田村は、ちょうど多摩川と浅川の合流点にあり、ほぼ全域が鏡のような水田になっている。よほど土が肥えているのだろう、民家はぜんぶで十四、五軒だが、そのいずれも、

（家構えが、どうして貧しくねえ）

しばらく景色を見ていると、

「左之助さん」

横から肩をたたく者がある。歳三だった。あきんどらしい如才ない笑みを浮かべながら、

「恐れ入ります。わざわざ来てくれて」

「来いって言ったのはお前だ。俺に何を見せたい？」

歳三は、以前の立ち合いのことなど悉皆《しっかい》わすれたという顔をして、川のほうを向き、

「あれですよ」

足もとを指さした。

川と堤防のあいだの細長い地帯にうじゃうじゃ雑草がはえている。暑苦しい緑色をした鉾《ほこ》形の葉っぱが無数にかさなりあうさまは、さながら草の密林だった。

その密林に、がさがさと五十人くらいの男女が分け入っている。分け入りつつ、ひざの高さほどの葉っぱを摘んでは背中にしょった竹編みの背負《しょい》籠《ご》へぽんぽん放りこんでいる。その手つき、体のうごき、町そだちの左之助の目にもじゅうぶん熟達しているように見えた。

「何だい、ありゃ」

「牛革草《ぎゅうかくそう》を採ってるんです。村人みんなで」

「牛革草って」

左之助は、思わず吹き出した。

「おいおい、ずいぶん厳《いか》めしい名前をたてまつったもんだな。俺の故郷の松山じゃあ、溝《みぞ》（どぶ）にはえてる蕎麦《そば》まがいって意味で『みぞそば』って呼んだもんだが。あんな雑草、あつめて一体どうするんだ？」

「黒焼きにして薬にするんです。土方家秘伝の石田散薬」

何しろこの草は、生命力が旺盛なのだ。

水のある場所ならどこでもはびこる。暑さに強い。まめだおしのような蔓性《つるせい》の寄生植物にからみつかれても決して枯れることがない。

その生命力のもっとも強くなるのが、すなわち土用の丑の日なのだ。この日に摘んだ葉っぱを黒焼きにして、粉にして、酒とともに服用すればどんな傷でも癒えること確実、そなえあれば憂いなし。土方家は毎年、この一日には、村人全員を駆り出して採集作業をさせるのが約百年前――宝暦《ほうれき》年間――からのならわしなのだ。

……歳三がそんなふうに説明すると、左之助は、うたがわしそうに横目を使って、

「ほんとに効くのかね？」

「効くも効かぬも信心しだい。いずれにしろ、私としては、きょうは采配をふるう義務《つとめ》がある」

「采配？　あんたが？」

「ああ」

「高みの見物してるだけじゃねえか」

「そうでもないんだ」

と歳三が得意顔をしたとき、背後のほう、つまり村の側の斜面から、十人ほどの老婆《ろうば》がぞろぞろ堤防をのぼってきた。

全員、からっぽの籠《かご》をかさねて五つか六つしょっている。のぼりきったところで

老婆たちは歳三に頭をさげ、左之助にもさげ、それから籠をかさかさと横へひとつずつ置きならべた。歳三が川のほうへ手をかざして、

「おおい、みんな。籠を代えろ」

葉っぱを摘んでいた五十余名がいっせいに顔をあげ、これまた斜面をのぼってくる。全員どっさりと葉っぱの入った籠を置き、かわりに空籠《からかご》をしょって下りていく。老婆たちは葉入りの籠をひとつ背中にしょい、ひとつ胸にさげ、ふたつ重ねて頭に載せ、ひょいひょいと器用に釣り合いを取りつつ村のほうへ下りて行ってしまった。

「なるほどな」

左之助は唇をすぼめ、すなおに賛嘆した。

「こうして人員を二組《ふたくみ》に……摘み取り組と運び出し組にわけておけば、大量の材料《たね》をすばやくこなすことができる。用兵の妙だ」

「用兵か。それじゃあ左之助さん、ぜひ陣形にも注目してもらいたい」

「陣形？」

左之助はまた川のほうへ目を落とした。全員すでに葉摘み作業を再開しているが、言われてみると、なるほど彼らの配置には一種の法則が見てとれる。

左之助から遠いほう、つまり川のほうには成年男子が配置され、近いほう、つま

り堤防のほうには女子供が配されている。

「川のほうは下がぬかるみでね、ときにひざまで没してしまう。男でなければ歩くことすら困難なんです。いっぽう堤防に近いほうは、土がしっかり固まっているし……」

「斜面だから目の前の葉っぱを摘むのに苦労しない。女子供にぴったりだ。なるほどな。土方家の連中は、代々頭がよかったんだな」

「私が工夫したんです」

歳三は、あっさりと言った。

「もはや泰平の世ではない。髪の毛の赤い異人も来よう、諸色《しょしき》（物価）も騰《あが》ろうという乱世です。何が何でも旧習を墨守《ぼくしゅ》していたのでは人は腐る、国はほろびる。われわれはみな、どんな職業《いとなみ》にたずさわっていようと、仕事には知恵を出さねばならんのです。おっ？」

歳三が、とつぜん村のほうへ体を向けた。左之助は、

「どうした？」

「……もうひとつ、工夫があるのですが」

眼下にひろがる田んぼの向こうに、小高い丘がある。

かなり遠く、小さく見える。その丘のてっぺんから、ひとすじ、白いけむりが立ちのぼっている。歳三は顔色を変えて、ふりかえり、川のほうの村人へ、

「おおい。みんな、ただちに葉摘みをやめろ。堤防《なみよけ》の外へ出るんだ。うちに集まれ」

全員、歳三の言うとおりにした。籠をしょったまま速やかに斜面をのぼりだしたのだ。籠にはまだ少ししか草が入っていなかった。女子供が先に堤防の外へ出る。あとから男たちも出る。最後の男が村へ避難したのを見とどけると、

「左之助さん。われわれも行こう」

左之助は、もう事情がわかった。川上を黒雲が覆っているのだ。雲の下が、紗《しゃ》をかけたように霞《かす》んで何も見えない。激しい雨がふっている。歳三はおそらく丘の上にも目のいい男を配置して、気候の変化のきざしを見たら即座にのろしを上げるよう前もって命じておいた。いわば斥候というところだ。

左之助の頭上は、晴れている。

驟雨《しゅうう》などまるで異国の話でもあるかのごとく青空がひろがり、太陽がかがやき、季節はずれの雲雀《ひばり》すら歌いつつ舞っている。結局、この地域は、晴天のまま半刻《はんとき》（一時間）後異様な増水におそわれた。堤防をやぶるほどではなかったにしろ、歳

三の機転がなかったら、葉摘みの村人はあっというまに押しながされ、東へはこばれ、水死体になって江戸湾にぷかぷか背中を浮かべていたことは確実だった。

（用兵の妙、だな）

長らく一匹狼《いっぴきおおかみ》めいた暮らしをしてきた左之助にとって、これは目のさめるような感興だった。歳三という集団のなかでちやほやされた――人を使うことに慣れている――お坊ちゃんにしかできないことだ、と思ったりした。

その晩、左之助は、土方家での酒宴にまねかれた。

座の中心は、歳三だった。本来ならば村人をねぎらう宴なのだろうが、かえって歳三のほうが村人から酒をつがれ、くどいほど感謝のことばを述べられたのは、あの水禍《すいか》を未然にふせいだ「工夫」の結果として、

（まことに、当然）

歳三は、ようやく村人から解放された。左之助のとなりの席についた。左之助は、

「あんた、これを俺に見せたかったんだな？」

歳三は、いくらか酔っている。照れたように髷《まげ》へ手をやり、

「ええ、まあ」

「あんたも負けん気がそうとう強いな。是非もねえ、みとめてやらあ。剣を使うの

は俺が上、人を使うのはあんたが上だ。きょうはいいものを見せてもらった」
歳三と左之助は、肝胆《かんたん》相照らす仲になった。

†

その後。
天然理心流における歳三の地位は、みるみる高くなった。
剣技そのものが上達したわけではない。上達どころか、歳三はとうとう、
中極位目録《ちゅうごくいもくろく》
という全六段階のうちの下から三番目でその門人としての経歴が終わっている。それより上の免状はこんにち伝わっていない。入門から三年半、二十八歳でこの位置というのは、遅くもないが、決して早い加階《かかい》でもなかった。歳三の存在感のみなもとは、やはり左之助の言う、用兵の妙にあったのだろう。
入門の、翌年秋。
天然理心流一統は、武蔵国府中《ふちゅう》にある、
六所宮《ろくしょぐう》
への献額をおこなうことになった。六所宮は、現在の大國魂《おおくにたま》神社。

武技上達、一門隆盛を祈願して扁額《へんがく》を奉納することそれ自体は、むかしからどの流派でも当たり前にしてきたが、歳三はむしろ現世利益の好機ととらえ、

「若先生、ここは私にまかせてもらう」

そう勝太にことわってから、準備いっさいを取り仕切った。

門人たちを差配して紋服（神事のさいの）を新調させ、お神楽《かぐら》で舞う巫女《みこ》やお囃《はや》子《し》の手配をさせ、献額そのものの宣伝を各地でさせた。歳三は有能なプロデューサーだった。見物人への餅まきの餅をおどろくほど大量に用意させたのは、むろん天然理心流の評判を高めるためだった。このあたりの土地は、米は安いが餅は高い。むろん餅は門人総出で搗《つ》かせたのである。

扁額には、ことのほか気をつかった。

ほかの流派とならべて掲げられるもの故、これだけは、

「万金を積んでも、極上の品たれ」

門人たちを叱咤《しった》して、巨大な一枚欅《けやき》を手に入れさせた。

歳三はこれに磨きをかけ、彫刻師《ほりものし》へわたし、ぐるりに龍《りゅう》の絵をきざませた。流派名、宗家名、および千人余にのぼる門人の名などは、近在の書家、本田覚庵《ほんだかくあん》に依頼した。覚庵はまた名主でもあり、医者でもある声望あつき地方文化人。民心を熟知

した人選だった。

式当日が来た。

勝太はじめ流派一統は、神事を終え、お神楽の奉納を終えると、木刀および刃引きによる型試合をおこなった。歳三みずからも出たが、これは名誉心からではない。型試合というのは一種の芝居のようなものだから、

（芝居は役者だ。美男が出れば評判になる）

利用できるものは自分の顔でも利用する。それが歳三のやりかただった。

歳三の企画は、大成功だった。

天然理心流の名がこの催事ひとつで大いにひろまったことは、こんにち、何よりも寄付収入に見てとれる。二百二十五両。これはもちろん歳三自身が精力的に各地をまわり、旧知の名主たちに頭をさげたからでもあるけれど、それにしても支出は百七十両、さしひき五十五両もの黒字をはじきだした手腕には、

「……すげえ」

さしもの勝太も、目をむいた。ほぼ奇術ではないか。

勝太が歳三を、

――こいつあ、俺の右腕になる。

そう意識したのは、このときが最初だったのかもしれない。もっとも歳三の才覚はこれにとどまらなかった。一年後、おなじ六所宮の東の広場で、こんどは勝太の四代目襲名披露の、

野試合

をした。おもだった門人ら七十二名をふたつにわけ、紅軍および白軍とし、模擬戦をおこなったのだ。

準備をひきうけたのはやはり歳三だったが、彼はまた、ことば本来の意味での「用兵」の才もぞんぶんに発揮した。当日の持ち役は紅軍の旗本衛士《はたもとえじ》、つまり大将の下の軍師というポジションだったが、

「それっ」

試合がはじまるや否や、たくみに命令を出しつづけたのだ。

或るときは奇襲、或るときは戦略上の撤退。歳三はじつにめまぐるしく、しかし効率的に麾下《きか》の兵をうごかした。勝負は一方的となった。紅軍はあっさり敵の大将を討ち取り、勝ちをおさめたのだった。

「それまでっ」

太鼓役は、沖田総司。見物人は、わっと沸いた。

翌日も、やはり紅軍が勝った。あんまり一方的な展開ではデモンストレーションにならないから、三日目には歳三はわざと負け、二勝一敗にまとめることにした。勝太はこの戦況を、紅白どちらにも属さぬ本陣総大将として観閲していたが、

（すげえ）

の感を新たにしたという。剣技はとにかく、組織の統率者としての才能は、おそらく自分をも超えるのではないか。なお勝太は、この日以降、正式に師の近藤姓を継いで、

近藤勇《いさみ》

を名乗っている。

歳三は、いつしか行商から足をあらっていた。

専業の剣客になっていた。天然理心流という多摩の広大な地域にわたり千人以上の門人をもつこのいなかっぺ集団を強力に組織化し機能化するためには、結局のところ、

（あきんどでは、だめだ）

そう意識したのだった。歳三の心は武士になった。

とともに、性格もすっかり変わっている。

以前はいかにも商人ふうの、如才ない男だったのが、いまは自分でもおどろくほど寡黙、冷静、いっそ酷薄な人間になってしまっている。目つきも同様だったろう。これは自然の現象なのだろうか。それとも意識して性格をねじまげた結果なのだろうか。

歳三自身、わからなかった。ただひとつわかったのは、

（人は、変われる）

このことだった。

†

文久《ぶんきゅう》三年（一八六三）二月、近藤勇たち天然理心流の剣客が幕府の浪士募集に応じ、京のみやこへ上ったことは、この連作のべつの物語ですでに述べた。

彼らははじめ、烏合《うごう》の衆にすぎなかった。それが他派出身者と連携しつつ、あるいは反撥《はんぱつ》しつつ、しだいに組織としての態勢をととのえ、ついに新選組という幕末最強の警察組織にまで成長したのは、多分に副長・土方歳三の指揮のたくみさがものを言っただろう。

実際、土方は、ほかの誰よりも精勤した。上洛《じょうらく》直後、壬生《みぶ》の屯所の部屋割りを

したことにはじまって、

資金調達

隊服調製（浅葱《あさぎ》色のだんだら羽織）

隊旗製作（「誠」一字に山形模様）

隊士の新規採用

隊規の制定

などを主導した。ほとんどは裏方仕事だったけれども、なかには隊そのものの根幹を決める仕事もあった。局長二名（芹沢鴨《せりざわかも》と近藤勇）を頂点とし、副長三名、副長助勤十三名を中心とする斬新かつ機能的きわまる職位体系をさだめたのは、土方の発案によるところが大きかった。

こういう土方の精勤を、

（娯楽《なぐさみ》だな）

そんなふうに見る隊士がいる。

原田左之助だった。左之助は、道場で隊士に稽古をつけてやったり、近所で酒を飲んだりしながら、ふと、

（六所宮の献額のころといっしょだな。裏方仕事。さぞや楽しいことだろう）

と土方を思いやることがあった。好意を込めてのことである。

ところが。

芹沢鴨を暗殺し、近藤派が完全に新選組を掌握した翌年のこと。左之助が、

――楽しいばかりじゃあ、ないらしい。

そう気づかされた出来事があった。

或る朝、土方に呼び出された。稽古をきりあげ、

「左之助ですが」

と声をかけつつ部屋をおとずれると、土方は、鉄瓶をつまんで杯に酒をつぎながら、

「おお、原田君か。いそがしいところをすまぬ」

（はて）

左之助は、小首をかしげた。

原田君、という呼びかたが気になったのではない。なるほど多摩にいたころは「左之助さん」と親しい呼びかたをしたものだったが、いまは土地も情況もちがう上、土方のほうが役職が上なのだ。そんな些細《ささい》なことよりも、左之助は、

（酒か）

土方は、酔って用談をするような男ではない。ましていまは巳《み》の刻（午前十時）。よほど言いにくいことがあるのだろう。

案の定。

土方は、ふたつある杯のひとつを左之助の鼻先へつきだしつつ、

「……たのみがある」

「何でしょうかな、土方先生」

「古高《ふるたか》俊太郎《しゆんたろう》の件は、もう聞いたか？」

「ああ、けさ武田《たけだ》君たちが捕縛したそうですな。重畳《ちようじよう》々々」

古高俊太郎とは、近江国《おうみのくに》出身の尊攘《そんじよう》派志士。

この場合は、地下潜伏中の工作員と呼ぶほうが適切だろう。もともと勤王のこころざしが厚く、諸国の浪士とまじわっていたのが、近ごろ京へもぐりこみ、四条木屋町西入《やまちにしい》ルの薪《たきぎ》問屋・枡屋喜右衛門《ますやきえもん》になりすましていた。

ふだん店を閉めているわりには下男下女もあり、相応の暮らしもしているようなので、新選組はかねてから目をつけていた。そこへ或るすじから確報を得たので、武田観柳斎《かんりゆうさい》ら七名を派遣し、これを急襲せしめた。朝の五ツ（午前八時）のこと。

やはりと言うべきだろう、薪問屋などは表看板にすぎなかった。なかには大砲、

砲弾、鉄砲、火薬、甲冑《かっちゅう》、それに諸国の浪士とやりとりをした手紙などが隠し置かれている上、押入れが抜け穴になっている。薪問屋には不要の脱出口だろう。

「言いのがれはできぬぞ。それっ」

武田らは古高をひっとらえ、壬生の屯所へ連行してきた。この大きな獲物に、屯所中が大さわぎになったことは言うまでもない。

「どいつもこいつも、稽古に身が入りやしねえ」

左之助はそう苦笑いすると、杯をぐいと干してから、

「で、土方さん、その古高がどうしたんです？」

「吟味には誰があたっている？」

「近藤局長が、じきじきに」

「やはりそうか。原田君」

土方は自分も酒を飲んでしまうと、ふうと息をついてから、

「君もいまから立ち会ってもらいたい。そうして古高の口から出たものを、局長に内緒で、逐一私に教えてほしい。古高はたぶん、さらなる大物の名を吐くだろうからな。播州《ばんしゅう》の大高又次郎《おおたかまたじろう》か、長州《ちょうしゅう》の吉田稔麿《よしだとしまろ》か、それとも肥後《ひご》の宮部鼎蔵《みやべていぞう》か。私はそれを、この手で討ち取りたいと思う」

（おいおい）

左之助は杯を置き、腕組みをして、

「局長を、出し抜くつもりかい？」

「私は手柄がほしい。どうしてもだ。つまり」

と、土方はそこで言いよどんでから、目を伏せて、

「……つまり、剣客としての」

左之助は、仰天した。

しばらくことばも出なかった。しょせん中極位目録である。犬が空を飛ぶ夢を見るようなものではないか。

「な、なあ、土方さん……」

「聞いてくれ左之助さん。私には、これまで手柄がひとつもない」

土方は、堰《せき》を切ったように話しだした。

それはたしかにそうだった。一年前、芹沢鴨ら八名が大坂で力士と乱闘したときはたまたま現場にいなかったのだから仕方ないにしても、その芹沢鴨の暗殺のときは、土方は、沖田総司の必殺の一撃のあと二の太刀をつけたにすぎぬ。手柄の残滓《ざんし》にすぎなかった。

大坂西町奉行所の俗吏・内山彦次郎《うちやまひこじろう》を殺したときも、近藤は沖田総司、原田左之助、永倉新八《ながくらしんぱち》、井上源三郎《いのうえげんざぶろう》という上洛以前からの同志四人をさそったにもかかわらず土方には声をかけなかった。それに、これは本稿の物語の約三か月あとの話になるけれども、新選組隊内にふたりの間者《かんじゃ》がまぎれこんでいることが判明したことがある。

御倉伊勢武《みくらいせたけ》、および荒木田左馬之助《あらきだざまのすけ》。彼らは長州の桂小五郎《かつらこごろう》に意をふくめられ、隊にもぐりこみ、機密をこっそり尊攘派の公家《くげ》や浪士へ洩《も》らしていたのだが、どうやら、

「露見した」

とは思わなかったらしい。屯所でのんびり日向《ひなた》ぼっこしながら髪結いに月代《さかやき》を剃《そ》らせ、鼻歌まで歌っていたところを背後から三人の討手に誅殺《ちゆうさつ》された。この三人も、斎藤一《さいとうはじめ》、永倉新八、林信太郎《はやししんたろう》であり、林などは土方の忠実な家来分であるにもかかわらず土方自身はくわわっていない。土方の手は、血でよごれてはいないのだ。こういうことでは、

「隊士たちにしめしがつかぬ」

というのが、土方の言いぶんだった。

「なあ左之助さん、私はこれまでただひとりの浮浪の徒をも斬り倒さず、しかし何人もの同志に出動を命じた。切腹を命じた。敵よりも味方を殺してきたのだ」

「それこそが副長の役目だ」

左之助は、ただちに反論した。

「それでこそ隊の綱紀がたもてるんだ。あんたが箍《たが》をしめなかったら、新選組っていう樽《たる》はあっというまに水が洩る。樽そのものがばらばらになる。あんたはあんたの得意によって、しめしをつけてるんだ。気にすることたあない」

われながら子供をあやすような口調だった。土方は聞かず、

「剣のはたらきこそ、武士本来のはたらきであろう」

(楽しそうに見えたがなあ)

左之助は、ひとつ勉強になったような気がした。土方の目には左之助や近藤、沖田のごとき天性の剣客がどれほどきらびやかに見えるのだろう。が、それはそれとして、

「やっぱり、だめだ」

左之助は立ちあがり、土方を見おろして、

「こればっかりは耳を貸すわけにはいかん。どうしても古高の密謀が知りたけりゃ

あ、あんた自身が吟味にくわわるんだ。何なら牢問《ろうもん》（拷問）にでもかけたらどうかね」

最後の一句はほとんど捨てぜりふだったが、土方はまじめに考えこんで、

「……牢問か」

「勝手にしろ」

左之助はきびすを返し、さっさと部屋を出てしまった。

†

牢問は、すでに始まっていた。

古高をうしろ手にしばって正座させ、割竹二本を麻糸で巻き合わせた箒尻《ほうきじり》でもって近藤みずからが打ちすえる。天然理心流宗家の打撃である。古高の背中は皮がやぶれ、血がにじみ、ぽたぽたと音を立てて土間にしみた。もっとも古高は、

「いかにも枡屋は仮の姿。本名は古高俊太郎正順《まさやす》なり」

と名乗った以外はひとことも口をきかず、目をつぶって耐えている。さすがは京へあえて潜入して同志の連絡役を引き受けようという男、むしろ近藤のほうが、

「こいつめ」

からりと箒尻をすて、一休みしなければならなかった。

土方が来たのは、ちょうどその一休みのときだった。近藤を牢外へまねいて、立ったまま、

「まだ吐かぬのだな？」

近藤はいまいましそうに舌打ちして、

「一貫に値する」

（それだけ密謀の規模は大きい）

土方は、かえって心をおどらせている。思いきって、

「引き受けようか。近藤さん」

「何を」

「牢問を」

「君が？」

近藤は、両目を針のようにした。この男が不審の念をあらわすときの癖なのだ。

土方はうなずいて、

「会津藩《あいづ》には報告したのか？　まだだろう。彼らも古高には目をつけていた。早いところ手紙を書いておかんと機嫌がわるいぞ。役人はそういうところに妙にこだわ

る」

近藤は、わずかに狼狽《ろうばい》の色を見せながらも、

「しかし、君が……」

「なあに、疲れたら原田君あたりに代わってもらうさ。心配するな」

「では、たのむ」

行ってしまった。かたわらには隊士がふたり控えている。土方はきびしい顔になって、

「いまから言うものを支度しろ。すぐにだ」

土方がした拷問は、われながら、

（むごい）

と思わざるを得ぬものだった。

古高の両足首をしばって梁《はり》へさかさ吊《づ》りにし、足の甲から五寸釘《ごすんくぎ》をぶちこんだ。尖端《せんたん》が上を向きつつ足の裏から顔を出す。そこへ百目蠟燭《ひやくめろうそく》を立てて、

「それっ」

土方みずから火をつけた。とけた蠟がとろとろと足の裏にひろがり、くるぶしへ垂れ、脛のあたりを覆いはじめる。強烈な、斎場《やきば》のにおいが鼻を刺した。土方自身、

目をそらしたくなったけれども、それもこれも、

(わが手柄のため)

古高は、無言。

無言のまま半刻ほども堪《こら》えていたが、にわかに顔をゆがめたかと思うと、目をひらき、絶叫した。心が折れた瞬間だった。

†

自白の内容は、おそるべきものだった。

きたる六月二十日前後、烈風の夜をえらんで禁裏《きんり》に火をはなつ計画だったという。火の手があがれば京都守護職である会津藩主・松平容保《まつだいらかたもり》がまず驚愕《きょうがく》して参内《さんだい》するだろう。つづいて中川宮《なかがわのみや》ほか佐幕派の公家も来るだろう。それをまとめて軍神の血まつりとし、孝明《こうめい》天皇をさらって長州へご動座したてまつる。

「……こいつは」

さすがの土方も、絶句した。発想があまりにも大きすぎる。

(虚言ではないか)

とも疑ってみたが、この場合、それを本気でやる理由がたしかに長州藩にはあっ

た。前年（文久三年）のいわゆる八月十八日の政変によって彼らは京を追放され、藩主ともども、事実上の非合法あつかいを受けていたからだ。

いまや長州の人間は、政治的に失脚したのはもちろんのこと、長州の人間であるだけで犯罪者である。死に値する。こういう劣勢をひっくり返すには、禁裏の放火とか天皇の拉致とか、極端な手段に出るしかないのだ。

実際、古高俊太郎の潜伏先には、大量の火薬や武器もかくされていた。計画は事実だろう。

（すぐに、動かねば）

土方は牢を出て、近藤の部屋に行った。障子戸をあけるや否や、

「近藤さん。古高が吐い……」

言葉につまった。

左之助がいる。

何やら話しこんでいたところらしく、嘘《うそ》のつけない左之助はあきらかに「しまった」というような顔をしているが、近藤が機先を制して、

「どうした、歳さん」

土方は近藤の前にすわり、古高の自白を報告した。近藤はみるみる怒気を発して、

「狂犬どもめ。何という非道を思いつくのだ。歳さん、市中巡察を強化しよう。見つけしだい斬る。蟻《あり》の子一匹みのがさぬ」

土方はうなずいて、

「それがいい。やつらももう古高が捕縛されたことは知っていよう。善後策を講じるべく急いで会合をひらくやもしれぬ。そこへ踏みこんで一網打尽にしてしまえば……」

「宸襟《しんきん》は安んじたまい、新選組の名は天下にとどろく。またとない功名の機会だ」

近藤はやにわに立ちあがり、障子戸のほうへ歩きだした。みずから全隊士をあつめる気なのだろう。土方はその背中へ、

「近藤さん」

近藤は立ちどまり、しかしふりかえることはせず、

「何だ？」

「その踏みこみの役、ぜひ私に……」

「言うな」

近藤の後頭部が、きびしく遮った。

「原田君から聞いたところだ。君は私を出し抜こうとしている。気持ちはわかるが、

君は屯所で留守をあずかれ。外出は禁じる。これは局長の命である」

「原田君……」

　土方は左之助を見た。左之助はそっぽを向いている。近藤は、

「左之助をうらむなよ。君の身を案じるが故、あえて私に密告《さしぐち》したのだ」

「しかし、近藤さん」

　土方は近藤へにじり寄り、着物の腰をつかまんばかりの体勢で、

「私には内向きの仕事のほうが向いていると言いたいのだろう。それはわかる。今回だけだ」

「歳さんに万一のことがあったらどうなる。剣客はひとり死んでもそれだけだが、あんたが死んだら新選組そのものが死んじまうんだ。留守をまもれ」

「いや、外へ出てもらいましょう」

と口をはさんだのは、左之助だった。

　ばつが悪いのか、顔はそっぽを向いたまま。しかし口調ははっきりしていた。近藤は、

「何だ左之助。たったいま『出し抜かせるな』と言ったばかりではないか」

「考えを変えました。古高らの計画を聞いちゃあね。敵はおそらく少数じゃない。

戦うとなりゃあ、一対一じゃなく、徒党対徒党の戦いになりますよ。用兵の妙が大事になる」

「用兵の妙」

近藤は、その語をくりかえした。

沈思しはじめたところを見ると、あるいは三年前、天然理心流四代目宗家を正式に継承したときの野試合のことを思い出したか。左之助はようやく首をうごかし、近藤の顔を正視して、

「軍略上の意見です。土方さんへの同情じゃない」

「よし」

近藤は立ったまま、ふたたび土方のほうを向いて、

「命がけだぞ」

「わかっている」

「幹部をあつめてくれ。軍議をこらそう」

近藤は座にもどり、あぐらをかいた。ときに元治《げんじ》元年（一八六四）六月五日。やはりと言うべきか、動乱は、この日の夜に起きた。

†

夜、五ツ（午後八時）。土方は、左之助とともに、祇園《ぎおん》会所に入った。

いわゆる祇園と呼ばれる地域の東のはし、八坂《やさか》神社の楼門下《した》。会所にはすでに近藤以下三十二名が集結していたが、隊士のなかには、土方のすがたを見るや、

「あっ。副長」

意外な顔をする者があった。土方は内心、

（無理もないな）

一抹のおかしみを感じたが、顔に出すことはしなかった。彼らはみな草履や駒下駄《こまげた》をはき、すずしげな単衣《ひとえ》の白い着物をまとっているが、着物の下にはずっしりと竹胴を着こんでいる。さだめし、

——きょうが、自分の命日か。

神経をとがらせているだろう。むろん、土方自身もだ。

「全員、そろったな」

近藤が言った。広大な土間のいちばん奥で床几《しょうぎ》にすわり、思いっきり両脚をひろげている。その両脚のまんなかへ大刀——伝虎徹《こてつ》——をカタリと立てて、
「援軍は？」
土方へ聞いた。土方は近藤のかたわらに立ちつつ、
「通りには、それらしきものは見えなかった」
「何をしている」
近藤は、いらだたしげに舌打ちした。これまで何通も手紙を書き、
会津藩兵百五十人
彦根《ひこね》藩兵百五十人
京都所司代百人
京都町奉行七十人
淀《よど》藩兵百人
など総勢六百名ほどの応援を得ることで合意していたというのに、会所にはいまだ六百どころか猫の子一匹あらわれない。土方は言った。
「古高俊太郎は、例の計画は六月二十日前後におこなうと言っていたからな。まだ十日以上もあると高をくくっているのだろう」

「ばかな」

近藤は、痰《たん》でも吐きすてるような音を立てて、

「古高はもう捕縛されたのだ。俺がやつらの一味なら、きっと計画は前倒しする。各藩はそう考えぬのか」

「さあな」

土方は、薄笑いした。三百年の泰平をむさぼった大組織などというものは、しょせん干し草をたっぷり食った鈍牛《どんぎゅう》でしかないのだろう。

（むしろ、牛であれ）

手柄はすべて悍馬《かんば》のものになる。土方はそう思い、

「近藤さん」

あごをしゃくった。近藤も、もとより期待はしていない。

「よし」

床几から立ちあがり、大刀を腰にぶちこんで、

「諸君、これより市中に打って出る。援軍はなし。死地へ出るものと心得よ。命を惜しんで卑怯《ひきょう》のふるまいをさらすべからず。子々孫々の代まで勇名をとどろかす機は、ただこの一夜にあり！」

朗々と謳《うた》いあげると、隊士たちは、

「おう！」

息をふきこまれた人形のごとく、感奮《かんぷん》して会所を出た。

出るやいなや、二手にわかれた。

鴨川《かもがわ》西岸組と東岸組である。西岸組は、近藤勇を長とする全十名の小隊であり、四条通《どおり》を西へ折れ、鴨川をわたり、先斗町《ぽんとちょう》へ向かった。先斗町へ南から入り、北上しつつ茶屋、旅籠《はたご》、貸座敷等をしらみつぶしに調べるのだ。近藤の下には、
沖田総司
永倉新八
などがいる。いずれも上洛してから五指にあまる手柄を立ててきた連中だった。

いっぽう東岸組は、全二十四名。そのまま祇園にとどまった。いったん南へさがり、縄手《なわて》通を北上しつつ、やはり茶屋、旅籠、貸座敷などをあらためる予定だが、この東岸組の隊長こそ、

（……俺だ）

祇園の路地を南へ歩きつつ、土方は、気の昂《たか》ぶるのをおさえかねた。

「おいおい、副長」

うしろから声をかけられた。ふりむくと、左之助が苦笑いしている。土方の鉢巻を指さしながら、

「そんなに肩肘張って歩いたんじゃあ、そこに仕込んだ鉢金《かね》がずれちまうよ。落ちつけ落ちつけ」

「そ、そうか」

土方は、ひたいに手をやった。左之助は腰のひさごを取り、ぐっと水を飲んでから、

「あせることたあねえ。どっちみち手柄は俺たちのもんだ。俺たちは目をつぶって歩いても敵さんと出くわすんだからな。だからこそ局長もこっちへ土方さんを割り振った。そうだろ？」

そのとおりだった。屯所における軍議では、敵の浪士どもは十中八九、

「密会するなら、祇園だ」

と予想されていたのだ。

なぜなら、ひとつには、おなじ京の花街《かがい》でも先斗町より祇園のほうが面積がひろく、店の数も多い。単純な話だ。しかしそういう確率論はべつにしても、長州系浪士がこれまでよく使ってきた、

越房
井筒《いづつ》
嶋田屋《しまだや》

といった茶屋や料理屋はいずれも祇園のなかにある。だからこそ土方は、

「近藤さん。祇園は俺にやらせてくれ」

と軍議の席でみずから願い出たのだし、近藤も、

「うむ」

祇園に人数をさき、隊長を土方とし、みずからは沖田らとともに鴨川のむこうへ消えてくれたのだ。手柄をゆずる、その配慮以外の何ものでもなかった。左之助が用兵の妙うんぬんと言い添えたのも、おそらく近藤にとっては一種の建前にすぎなかったのだろう。

「だから、必定さ」

と、左之助はひさごを手でもてあそびつつ、なおも土方を励ましている。

「俺たちが敵と会うことは必定。あとは斬ればいいだけさ。ま、熟した木の実がぽたりと落ちてくるのを待つようなもんだ。気やすく行こうぜ」

「そうだ、そうだ」

「泰然々々」
つぎつぎと、背後から声をかけられた。この隊には左之助のほかにも、
井上源三郎
斎藤一
島田魁《しまだかい》
などという一騎当千のつわものどもが配されている。なかでも井上源三郎は多摩の天然理心流の最古参であり、三十六歳と年かさでもあることから、土方の心情をよく汲んでくれているようで、
「副長さん、瀕死《ひんし》の重傷を負っても安心しな。俺にゃあ秘策がある」
「秘策？」
土方がまじめに聞き返すと、井上はおどけ顔になって、
「石田散薬」
左之助が爆笑し、つられて土方も破顔した。
そうこうするうちに五条《ごじょう》通へ出る。祇園の街の南のはし。ここから彼らは少し東へ行き、縄手通で右へ折れ、北上しなければならない。探索のはじまりだった。
「いよいよだぞ」

土方が言う。さすがに左之助もひさごを捨て、唇を真一文字にひきむすんだ。

縄手通に入ると、まず水茶屋の「越房」の看板が見える。土方はひたいの鉢金を手でなおし、カチリと和泉守兼定《いずみのかみかねさだ》の鯉口《こいぐち》を切ってから、

「頼もう」

あるじがあらわれた。新選組とわかると顔色を変え、

「へえ。な、なんぞ」

「御用改めである。滞留中の客すべての氏素性を申せ」

「すべてとは参りかねますが」

戸惑うふうを見せながらも、存外すらすらと説明した。客はこの界隈《かいわい》の商家の主人や番頭が多いようで、不審なところはない。

「邪魔をした」

店を出た。これだけのことで、のどがからからになっている。

つぎのねらいは「井筒」だった。玄関に入ると、あきらかに武士である男たちの声が奥から聞こえるが、

「芸州《げいしゅう》藩浅野《あさの》様のご家中の方どす。何でも発句《ほっく》のお仲間やそうで」

「浪人は？」

「おへん」

店を出つつ、土方の胸に、

（まさか）

ゆらりと不安がひろがった。賊どもは祇園にはいないのではないか。鴨川のむこうにいるのではないか。

そういえば、壬生の屯所では、近藤と沖田が立ち話をしていた。おおよそ脈のない先斗町でも、しいて言えば候補とすべき探索先が、

「ひとつ、ある」

というような話だった。

（あれは……何屋と言ったかな）

耳にはさんだような気もするが、思い出せない。たしか先斗町のはずれもはずれ、三条小橋《さんじようこばし》の西の旅籠だったか。もっともそのときは、当の沖田でさえ、

「あれ？　何屋だったかなあ」

などと頼りないことを言っていた。その程度の重要度なのだ。

（心配ない。大魚はこっちを泳いでいる）

土方はみずからを叱咤しつつ、探索をつづけた。

当て外ればかりだった。もともと予定になかった店にも飛びこむのだが、大魚どころか雑魚《ざこ》すら網にひっかからない。四条通が見えてきた。こうなると最後は、

（嶋田屋しか）

嶋田屋の主人なら、かねてから土方も見知っている。

諸国の浪士に同情的で、したがって新選組にはあまり協力的でないのだが、今夜の場合は、それだけに期待がもてるとも言い得るだろう。

この夜も、主人は、いかにも不本意だという顔をして出てきた。土方が、

「御用改めである。神妙にしろ。滞留中の客すべての……」

言い終わらぬうち、にやにや愛想笑いを浮かべて、

「あいにくどすなあ、壬生の剣豪はん。今宵《こよい》はどういう塩梅《あんばい》か、にんべんのお客はんだけで」

頭をつるりと撫《な》でるしぐさをした。にんべんというのは花街の隠語で、侍と僧侶をさす。この場合は僧侶だろう。

「どけ」

土方は主人をおしのけ、左之助、井上源三郎らとともに草履のまま上がりこんだ。ばたん、ばたんと障子戸をあけ、座敷をあらためる。主人の言うのはほんとうだ

った。比叡山《ひえいざん》あたりから下りてきたのか、どの部屋でも堂々と袈裟《けさ》をまとった連中が箸で茶碗《ちやわん》を鳴らしたり、舞妓《まいこ》を横抱きにしたりと痴態をかくそうともしていない。全館貸し切り状態だった。夜ふけになれば、さらに僧侶にふさわしからぬ行為におぼれるのだろう。

（なまぐさ坊主め）

歯ぎしりしつつ嶋田屋を出ると、通りが騒がしい。路上の人々が、火事のうわさでもするような調子で、

「討入りか」

とか、

「何やら赤穂《あこう》浪士のような」

とか、

「女子衆《おなごし》は家に入れんと」

などと言い合っている。なかには逃げるように東へ行ってしまう者もあった。

（まさか）

と土方が思ったとき、西のほうから――鴨川のほうから――ひとりの男が走ってきた。

「久兵衛《きゅうべえ》ではないか」

呼びかけた。ふだんは祇園会所で雑用をしつつ、じつは新選組の御用聞きをつとめている男である。土方に気づくや、すがるように寄ってきて、

「土方様、土方様、すぐにご加勢を」

「加勢?」

「近藤様の一隊が、浪士の所在をつきとめたのです。乱闘になりました。敵はかなりの人数で、播州の大高又次郎、長州の吉田稔麿、肥後の宮部鼎蔵、みな打ち揃《そろ》っている模様。はよう、はよう応援に。三条小橋の西の旅籠です」

「屋号は何と言う」

「池田屋《いけだや》」

土方は、血の気が引いている。

信じられない思いだった。三条小橋の西といえば、河原町《かわらまち》御池《おいけ》の長州藩邸から歩いて五分もかからない。わかりやすすぎる。あまりにもずさんな選択と言うほかなかった。おそらく敵は、こっちが思っていた以上にあせっていたのだろう。

いや。

そんなことはどうでもいい。土方にとってはるかに衝撃的だったのは、近藤や沖

田の、

（何という、引きの強さ）

偶然ではないのだろう。剣の神に愛された者は、その愛にふさわしい仕事の機会をあたえられる。そうでない者は蚊帳《かや》の外。それをもし運と呼ぶなら、運をもふくめて天才というものは存在する。ひるがえって自分はどうか。

「……土方さん」

うしろから、誰かが肩に手を置いた。

ふりかえると、左之助だった。

よほど心配そうな顔をしている。あの日野の佐藤家での立ち合いから五年あまり、
土方は、この男がこんな景気のわるい顔をしたのをはじめて見た。

「なあ、土方さん、こういうこともある。気落ちしないで、つぎの機会に……」

「ありがとう、原田君。もういいのだ」

土方の顔に、おのずから笑みが浮かんだ。

自分でもおどろくほど楽しげな口調で、

「どうやら私は、そういう星まわりの下に生まれたらしい。これはこれで天稟《てんぴん》さ」

虚勢。

ではないつもりだった。

自分は組織の統率者。裏で糸を引く男であって、おもてで剣をふるう男ではない。だからこそ天は不慣れな討入りを命じることをせず、あえて無駄足をふませたのだ。或る意味、これも引きの強さだろう。

（風が、すずしいな）

土方は、夜空をあおいだ。満天の星とはいかないが、ぶあつい雲が切れ、天の川がのぞいている。これから晴れてゆくのだろう。

土方は顔をもどすと、麾下の隊士たちへ、

「全員、ただちに西へ向かう。めざすは池田屋である。私にしたがえ。つづけ！」

まっ先に駆けだした。

降りしきる

北原亞以子

北原亜以子《きたはらあいこ》（一九三八～二〇一三）

昭和十三年、東京は新橋に生まれる。千葉二高卒。広告会社のコピーライターを経て、作家になった。四十四年「ママは知らなかったのよ」で、第一回新潮新人賞を受賞。はやくから時代小説の世界に挑み、女流作家ならではの視点をもった作品を次々と上梓する。平成元年『深川澪通り木戸番小屋』で、第十七回泉鏡花文学賞を獲得したのを機に、大きくステップ・アップした。平成五年『恋忘れ草』で第百九回直木賞、九年に『江戸風狂伝』で第三十六回女流文学賞、十七年『夜の明けるまで』で第三十九回吉川英治文学賞を受賞。その後も充実した活躍を続け、さらなる境地を示した。

「降りしきる」は「オール讀物」（平1・12）掲載（掲載タイトル「壬生の雨」）、『降りしきる』（講談社　平3刊）に収録された。

また、音をたてて雨が降り出してきた。

が、降るなら降るで、これくらい強く降ってくれた方が、いっそ気持がよかった。お梅《うめ》は思いきり裾を上げて、ふくらはぎまでむきだしにした。ついでに額の汗を拭く。九月とは思えぬむし暑さで、ふくらはぎを濡《ぬ》らす雨までがなまぬるかった。

九月ももう、十八日やな――。

ふと呟《つぶや》いて、「ほんまに今年は暑かったなあ」と自分に返事をする。近頃のお梅の癖だった。

年が明けて文久《ぶんきゅう》三年となったとたんに前年の寒さがやわらいで、しのぎやすいと思ったのも束《つか》の間《ま》、夏は暑さにめまいがしそうな日がつづいた。秋の来るのも遅く、いつもなら少々暑くとも暦通りに袷《あわせ》を着る人達が、今年ばかりは衣替えを無視し、単衣《ひとえ》を身につけていた。

しかも今日は、朝から厚い雲が垂れこめている。京の町は、山の上から蓋をされ、四方から蒸されているようだった。

もっと強う降ったら、雲の蓋に穴が開くんと違うやろか――。

穴が開けば、少しは涼しい風が入ってくるにちがいない。

荷車の音がした。お梅は、いそいで道の端に寄った。

空の荷車をひき、勢いよく走ってきた男は、ちらとお梅を見たが、そのままの速さで通り過ぎた。はねあげられた泥は、お梅の白いふくらはぎにまで飛んできた。

悲鳴をあげたが、お梅の声は雨の音に消されたのか、男はふりかえろうともしない。わざと泥をはねあげていったのかもしれないと、お梅は思った。

きっとそうや。うちを、壬生浪《みぶろ》の女やと思うて――。

唇を嚙《か》み、手拭いでふくらはぎの泥を拭く。

お梅が、壬生村に屯所をかまえた新選組の局長、芹沢鴨《せりざわかも》の女となってから、知り合いが皆よそよそしくなった。朝夕の挨拶をかわす近所の人達はあいかわらず愛想がよいし、四条《しじよう》通りなどで知った顔に出会えば他愛のない立話もするのだが、相手の目はお梅を見ていなかった。それも、かってのように向うから噂話《うわさばなし》を聞かせてくれるのではなく、当り障りのない返事をしてくれるだけなのである。

人々が壬生浪を嫌っていることは、お梅も知っていた。尊王攘夷《そんのうじようい》を叫ぶ浪士が諸国から集まってきて、やたらに佐幕方を暗殺するのも物騒で迷惑な話だが、その取締りを口実に、くいつめ者のような男達が浪士組として江戸から乗り込んでくるのもまた、迷惑な話だった。諸国の浪士を壬生村の浪士組が取締るなど、京の町が血腥《ちなまぐさ》く、汚れてゆくのは目に見えている。

そやけど、うちかて、好きで壬生浪の女になったのやないし――。

癖になっている独り言が出た。

好きでなったわけやないけど――。

鴨は、お梅を見て、「おお来たか」と相好をくずす。雀《すずめ》がご飯を食べに来るの、隣りの猫が死んだのというお梅の話も熱心に聞いてくれる。それればかりではなかった。屯所の女中もお梅の話相手になってくれるし、隊士達も、お梅の白い衿首《えりくび》や胸もとを、鴨に遠慮しながら眺めていたりする。

そやから、――

軀《からだ》の前へ傾けていた傘を上げると、大根や里芋の畑にはさまれた道の向うに、新選組の屯所にされた八木《やぎ》源之丞《げんのじょう》と前川荘司《まえかわそうじ》の屋敷が見えた。

また来てしもた――。

雨の音が軀の中にしみてきた。

ぬかるみに気をとられていたお梅が顔をあげると、前川邸の門前に沖田総司《おきたそうじ》が立っていた。痩せて、背の高い男で、朴歯《ほおば》の下駄《げた》をはき、傘をすぼめてさしているので、なお背が高く見える。

お梅は、気づかぬふりをして通り過ぎようとした。二十を過ぎている筈《はず》なのに、この男は、近所の子供を集めては自分が餓鬼大将になって遊んでいる。が、鴨の話によると、道場ではすさまじい突きを見せるらしい。赭《あか》ら顔《がお》で髭《ひげ》が濃く、大男の鴨が強いのは当り前のように思えたが、顔つきまで稚《おさな》い総司が強いのは、少々不気味な感じがした。

総司は、おろしたてらしい朴歯を鳴らしてお梅を追いかけてきた。

「芹沢さんは留守ですよ」

お梅は、足をとめた。

「ほんとに留守です。もしお梅さんが来るようだったら、そう伝えるようにと土方《ひじかた》さんが言いました」

土方さんとは新選組副長、土方歳三《としぞう》のことだった。お梅は、ちょっと間をおいてから礼を言った。

「おおきに」

「帰られた方がいいですよ」

「へえ。そやけど、待たされるのは慣れてますさかい」

「強情だなあ」

総司は首をすくめた。お梅は、黙って八木邸のくぐり戸を開けた。朴歯の音が前川邸の門の中へ駆けてゆき、総司の傘を打っていた雨の音が急に遠くなった。

勝手口で案内を乞うと、女中のお清ではなく、源之丞の女房のおまさが姿を見せた。

やはり、鴨は留守だった。新選組をあずかる京都守護職、松平容保《まつだいらかたもり》から思いがけず慰労金が届けられ、京の色里、島原《しまばら》へ遊びに行ったというのである。

「近藤《こんどう》はんや土方はんは、先程お戻りやしたんどすけど」

また、口論でもしたのだろうとお梅は思った。江戸で天然理心《てんねんりしん》流の道場を開いていた近藤勇《いさみ》をかこむ土方歳三、沖田総司らと、水戸《みと》脱藩の芹沢鴨を中心とする新《にい》見錦《みにしき》、平間重助《ひらまじゆうすけ》らは、どうも反りが合わぬらしい。

「せっかくおいでやしたのになあ」

と、おまさは言った。

「お梅さんさえよかったら、泊っていかはっても、家《うち》はかましまへんのどすえ。この雨の中を帰らはるのも難儀どっしゃろ」

「へえ――」

雨の中を帰るのは苦にならないが、お梅の家には、早く暇をとりたがっている女中のほかは誰もいない。それぞれ居間と女中部屋にひきこもって、むし暑さに溜息《ためいき》をついていているようなところへ帰りたくはなかった。

「それに芹沢はんのことや、ふいに気が変わらはって、帰って来やはるかもわからへんしな」

そういえば一度、鴨が急に出張先から戻って来て、隊士がお梅を迎えに来たことがあった。

「そんなら、ご迷惑どっしゃろけど、待たせてもらいます」

「どうぞ、どうぞ」

おまさは、靨《えくぼ》を浮かべて立ち上がった。茶を出せとでも言ったのだろう、低声《こごえ》でお清に指図をして、居間に引き上げて行った。

お梅は桶《おけ》を借り、泥に汚れた手拭いをすすいだ。出入口の戸は開け放ってあるのだが、風がないせいか、台所はかすかに漬物のにおいがした。

ぬいだ足駄を土間の隅に寄せ、板の間に上がった。日暮れ前だというのに薄闇がたまっているようで、ひやした麦茶を湯飲みにいれているお清の姿がかすんで見える。

お梅は、汗ばんだ衿もとに濡れ手拭いを当てた。

「静かやねえ」

「そらそうや、誰もいやはらへんもん」

主人の源之丞も出かけているらしい。

麦茶をはこんできたお清は、年寄りのように両の足首を開いて坐《すわ》った。膳棚の戸へ手を伸ばし、菓子の袋を幾つも出す。古びてはいるが品のいい菓子鉢は、駄菓子でいっぱいになった。

お梅は、竹筒から勝手にうちわを抜きとった。

「この家に来ると、ほんまに落着くわ」

「新選組の屯所へ来て落着かはるのは、お梅はんくらいのもんや」

「そやかて……」

「わかってるて」

お清は、菓子鉢をお梅の方へ押した。自分も一つ、口の中へ放り込む。

「お梅はん、ここでは評判ええもん」

「しょうもない」

「そんなこと言わんと。沖田はんかて言うたはるえ。ええ年して、遊ぶいうたら女《おな》子《ご》はんやのうて、子達が相手の沖田はんが、お梅はんなら惚《ほ》れてもええんやて」

「嘘《うそ》やろ」

「ほんま。――沖田はんだけやあらへん。平間重助はん、知ったはるやろ？　ほれ、芹沢はんにくっついて歩いたはる地味なお人。平間はんも、お梅はんくらい縹緻《きりよう》のええ女やったら惚れてみとうなるて口を滑らさはってな」

お清は、菓子を頬ばった口許《くちもと》に手をあてて笑った。

重助の言葉がどこからか鴨の耳に入って、一騒動起こったらしい。人の女に手を出して許されるほどの男かと鴨が罵り、重助が額から血を流していたというから、重助はおそらく、鴨が手から離したことのない鉄扇《てつせん》で殴られたのだろう。まだ額に大きな膏薬《こうやく》を貼っているが、今日も鴨の供をして島原へ出かけたそうだ。

「お梅はん、どないしやはる？　あの男はんもこの男はんも、よりどりやおへんか」

「何がよりどりやん。そうやって人をからかわはるのが、お清はんのわるい癖え」

「癖やあらへん。眼力《がんりき》や。うちの睨《にら》んだとこでは、土方はんも、お梅はんに気があるな」

一瞬、土方歳三の青白い顔が目の前をよぎった。が、お梅はすぐに甲高い声で笑い出した。

「阿呆《あほ》なことを」

「阿呆やあらへん」

「うちはいやや、あんな男はん」

「ほんまに？」

お清は、麦茶を飲みながら意味ありげに笑った。

「ほんまや」

お梅は、力をいれて言った。

嘘ではなかった。土方歳三は、隊士の中でただ一人、お梅に会うと顔をそむける男だった。挨拶をしてもろくに返事をせず、癪《しゃく》に障ったお梅が、追いかけて行って「聞えへんのどすか」と言うと、「口をききたくないだけだ」とひややかに答えるのである。

「ほれ、お梅はんかて土方はんが好きやないの」

お清は膝を上げ、その下へうちわの風を送りながら、おかしくてならぬように言った。

「嫌いな男はんやったら、返事をしてくれはらんかて放っとくやろ」

その通りだった。口をつぐんだお梅を見て、お清は反対側の膝を上げ、うちわの風を送った。

「なあ、土方はんて、可愛《かわい》いと思わはらへん？　あの人、京で田舎者《いなかもの》て言われとうない、隊士に軽う見られる副長になりとうないて、精いっぱい怖い顔をつくったはるねん。晩になったら、くたくたやと思うわ」

では、歳三がお梅にひややかな態度をとりつづけているのは、京女のお梅に、鼻の先であしらわれたくないと用心しているからなのだろうか。——

左手のうちわが、胸の前でとまった。

お梅は、ろくに返事をしてくれぬ歳三に焦《じ》れていた。親しく言葉をかわすきっかけの見つけられぬのを、もどかしく思っていた。それを歳三が誤解しているならば——。

気がつくと、お清がお梅の顔をのぞき込んでいた。お梅は、うちわをせわしく動かしながら、麦茶の湯飲みをとった。歳三が惚れていようといまいと、自分は鴨に差し出された女だと思った。

父親が尊攘派の浪士に斬られて死んで、許嫁者《いいなずけ》からはこれまでの縁はなかったことにしてくれと言われ、島原の茶屋へ働きに出て、その直後に母が逝った。捨鉢になっているところを四条堀川《ほりかわ》の木綿問屋、菱屋太兵衛《ひしやたへえ》に口説かれてその妾《めかけ》となった。そのあげくが、鴨の女だ。

不逞《ふてい》浪士を取締ると称して壬生に屯所を置いたものの、新選組は金の工面がつかず、商家へ押しかけて行っては金や商売物を強請《ゆす》りとってくるようなことを繰返していた。ほとんどの商家が泣き寝入りをしたが、鴨に木綿を持ち出された菱屋は黙っていず、しばしば番頭や手代をやって、代金の催促をした。それがかえって鴨を怒らせて、なおさらに木綿を強請りとられることになり、太兵衛は、何とか鴨を宥《なだ》めてくれと、お梅に因果を含めたのだった。

母が死んだ時、自棄《やけ》をおこしていなければ——、ふと、そう思った。

自棄をおこしていなければ、太兵衛の妾になどならなかったのではないか。——そんなことはあるまい。

未練がましい問いにみずから答えて、お梅は苦笑した。

お梅は、茶屋づとめが性に合わなかった。いやでたまらなかったのだから、自棄をおこさなくとも、世話をみようという太兵衛の言葉にうなずいていた筈だ。太兵衛にかこわれて、太兵衛に因果を含められて鴨の女になってと、結局は同じ道をたどっていたことだろう。

父親が生きていなければ、どうにもなりはしない。あの日、油問屋だった父が、掛け取りに出かけさえしなければ――、いや、他人の財布を狙うような浪士が京へ集まってくる世の中にさえならなければ、お梅は、太兵衛の妾にも、鴨の女にもならずにすんだのだ。

あの日、父は、商談をかねて掛け取りに出かけて行った。供には、十二歳になる丁稚《でっち》がついていった。のちに世間の人達は、子供を一人連れただけで、大口の掛け取りに出かけたのは、いかにも無茶だと噂した。

が、父が店を出たのは、蟬《せみ》しぐれの日盛りであったし、先方を辞したのも、七ツ（午後四時頃）の鐘が鳴る前であったという。日暮れには間《ま》があったのだ。

それでも、旦那様が浪士に斬られたと、丁稚が必死で逃げてくるようなことが起こった。

どっちが無茶やろ――と、お梅は思う。

お梅が子供の頃は、支払いを引き延ばそうとする相手にてこずった若い手代が、五十両に近い金を懐にして暗い夜道を帰って来たこともあった。夜道は物騒だとは言うものの、皆、掛け取りに出た者が無事に帰ってくるのは当り前だと思っていた。

　それが、いつから当り前でなくなったのか。日暮れには一刻《いつとき》以上も間のある京の町を、大の男が五十両ばかりの金を持って歩くのが、なぜ無茶なのだ。無茶なのは、陽《ひ》のあるうちに強盗を働く者がいて、物騒なのが当り前になってしまった世の中の方ではないか。

　お梅は、大きく息を吐いた。

　今更、もし世の中が――と考えてもはじまらない。もう、こうなってしまったのだ。救いは、好色で乱暴で獣《けもの》のような男と聞かされていた鴨が、案外に人がよかったことかもしれない。

　はじめて鴨に会い、鴨が赭ら顔をなお赤くしてのしかかってきた時、お梅は思わず悲鳴をあげた。鴨は、耳に虻《あぶ》の入った赤牛のようだった。

が、隊士達の騒ぐ声が聞えていた八木邸は、お梅が悲鳴をあげたあと、急に静まりかえった。誰かが駆けつけてくれるどころではなかった。お梅は、腫れ上がるほど強く頬を殴られて、暴れる気力も失《う》せた。

　いつ涙がこぼれはじめたのか、お梅にもわからない。鴨は、お梅の涙に気づくと、あわてて軀を起こして頭をかいた。

「その、何だ、話はついていると思ったものだから……」

お梅の帯に手をかけた時と、別人のような顔つきだった。

「確かに、その……その、つまり、お前はいやがっていたが、俺は……すまぬ」

鴨は、着物をかかえて部屋を出て行った。

女を見ると、頭に血ののぼるのが芹沢はんのわるい癖や——と、お清は言う。さすがにうちのおかみさんには手を出さはらへんけど、その分、よけいにもやもやしているのかもしれん——。

「さっきから、何考えたはんね？」

お清が麦茶の鉄瓶を持って、お梅を見つめていた。

「土方はんのことどっしゃろ」

「やめて。何でうちが、あんな男はんのことを考えんならんの」

「あんな」

お清は、お梅の湯飲みに二杯目の麦茶をついだ。

「お梅はんがはじめてここへ来やはった日な。今まで黙ってたけど、土方はんが、心配そうな顔でようすを見に来はってん」

「嘘やあ」

「ほんまやて。あの時、うちらは、何が起こっても目と耳をふさいでいろて言われてたんやけどな。うちは、お梅はんの悲鳴が聞えても知らん顔してたんが、何や申訳けのうて」

あの時、お清は、障子の外から遠慮がちに声をかけてくれた。

それがどれほど嬉《うれ》しかったことか。どうせ世間の人は、商売物さえ無事なら妾をあっさり人身御供《ひとみごくう》にすると思っていたのに、まだ自分を案じてくれる人がいた。同い年くらいのお清の顔が、母親のようにやさしく、暖かく見えたものだった。

が、その時、土方歳三も心配そうな顔で、縁側の前を行ったり来たりしていたのだという。

「何ぞの間違いやないの」

「間違いやあらへん。うちを見て、急につめたい顔して出て行かはったんが、お梅はんを心配したはった何よりの証拠や」

お梅は口を閉じた。戸を開け放ってある土間に、雨がしきりに吹き込んでいるのだが、お梅には、庇《ひさし》を打つその音がまるで聞えなくなっていた。

「土方はんや」

と、お清が言った。勝手口の前を通って行くのが見えたらしい。

「芹沢はんがお留守やし、きっと、お梅はんに会いに来やはったんやと思うわ」

「また、そんなこと――」

顔をしかめながらお梅は、障子が開いたような気がした縁側の方へ目をやった。

お清が、意味ありげに笑った。

「行って来よし」

「いやや」

「ほら。待ったはるえ」

お清は、お梅からうちわを取り上げた。うちわを取り返そうとお梅は腰を浮かせ、お清に向って手を伸ばす。お清は素早くさがって、「土方はん、お梅はんはここにおいやすえ」と叫んだ。

「阿呆。聞えるやんか」

「聞えるように言うてるんやんか」

うちわの取り合いは、いつの間にか中腰になっての揉《も》み合いとなり、その笑い声の間から、お梅を呼ぶ歳三の声が聞えてきた。

ふざけっこの手をとめて、お清が片方の目をつむってみせた。行ってこいと言うように、お梅の背を叩《たた》く。雨の音が聞えてきた。

ちょっとためらったが、お梅は、縁側へ出て行った。

歳三は、沓脱《くつぬぎ》の前に立っていた。両袖を肩までまくりあげ、袴《はかま》も、脛《すね》が出るほどにたくし上げている。激しくなった雨が、下駄ばきの足を濡らしていた。

お梅は、ふと目をそらした。

「何か——」

用でもおありやすのかと言いかけて口ごもる。ほっそりとした見かけとはうらはらな歳三の太い腕と脛が、脳裡《のうり》をよぎっていった。

歳三の返事はなかった。横を向いているお梅の耳に、歳三の傘を打つ雨の音だけがいつまでも聞えていた。

たまりかねて、お梅は正面を見た。切長な目がお梅を見つめていた。

お梅は、なぜかうろたえて衿もとをかきあわせ、胸のうちを悟られまいとして歳三を見返した。耳朶《じだ》までが熱くなったような気がした。

土方はんも気があるというお清の声が、頭の中を通り過ぎた。

歳三は、傘のうちへ吹き込む雨に目を細めた。

した。

「帰《けえ》れ」

意外な言葉だった。お梅が返事を思いつかずにいる間に、歳三は同じ言葉を繰返した。

「帰《けえ》れ。用事はそれだけだ」

踵《きびす》を返して歩き出す。ふりかえりもしなかった。

「待っとくれやす」

自分でも思いがけぬ言葉が口をついて出た。

「うちは、帰りまへん」

歳三がふりかえった。それが地であるらしいやさしげな目が、お梅を見た。が、一瞬のことだった。お梅の視線を避けて横を向いた顔は、いつものひややかなそれに戻っていた。

「命令だぜ」

「間違えんといておくれやす。うちは隊士やあらしまへん」

「隊士じゃなくっても、新選組の女だろう」

「局長はんの女どす」

そうや、うちは鴨の女や。歳三の女やあらへん——。

歳三はふっと口を閉じ、それから鼻先で笑った。

「手前《てめえ》で言ってりゃ世話はねえ」

雨の音が、また高くなった。

「帰《けえ》んな。待っていたって、芹沢さんは戻って来やしねえ」

「待ちぼうけは慣れてますさかい」

「いい加減にしねえか」

歳三がお梅を見据えた。会えば横を向くこの男にしては、めずらしいことだった。

お梅は、意外そうな顔で歳三を見た。歳三が視線をそらす番だった。

「さっさと帰《けえ》ることだな」

言い捨てて歩き出す。

遠くで雷が鳴っているようだった。

風の向きが変わったのか、ふいに庭の木々が枝をふるわせた。縁側にまでその雫《しずく》が飛んできて、自堕落な横坐りのくるぶしに落ちた。

お梅は、指先で雫をこすった。

嫌われたかもしれない、そう思った。

が、あの男に嫌われたからといって、それが何だというのだろう。もともとあの男は、お梅に会えば顔をそむける、いやな奴《やつ》ではなかったか。

そうや。うちかてあんな男、大嫌いや——。

薄情そうで、執念深そうで、言葉遣いや立居振舞いの品のなさは、思わず眉をひそめたくなる。世の中さえまともであったら、油問屋の一人娘であるお梅に、偉そうな口のきける男ではなかった。仮に京のどこかですれちがったとしても、武州《ぶしゅう》の多摩郡《たまごおり》とかいう田舎から出て来た歳三は、京の女はきれいだと、指をくわえてお梅を眺めていたにちがいなかった。

「いい気味や」

物言いたげにお梅を見つめている歳三を想像して、悪態をつく。

その歳三に、両袖を肩までまくりあげた先刻の歳三が重なった。先刻の歳三は、「さっさと帰ることだな」と言い捨てて、前川邸へ戻って行った。お梅の強情に、呆《あき》れはてたにちがいなかった。

いいやないの、あんな男に何と思われようと——。

が、遅蒔《おそま》きながら歳三の言うことをきき、家へ帰ろうかとも思う。

「ああ、鬱陶《うっとう》し」

お梅は、両手で顔をおおった。じっとしていても汗のにじんでくるようなむし暑さの中で、いったい何を考えているのだろう。

お梅は、縁側に面している十畳の座敷に入ろうとした。鴨が好んで使っている部屋だった。八木家が新選組に貸したのは、母屋から半丁ほども先の離座敷《はなれ》だけだったのだが、平隊士のほかは、誰もそこへ行きたがらない。

隣りの部屋の障子が、かすかな音をたてて閉まった。やはり縁側に面している八畳の部屋で、そこにおまさがいたらしい。おまさの子供のはしゃぐ声も聞えてきた。今の土方はんとの口喧嘩《くちげんか》を、みんな聞いたはったのかしら——。

おまさも、お梅を強情でいやな女だと思ったことだろう。お梅は、そろそろ明りの欲しくなった部屋の障子を閉めた。

しめった空気と一緒に、暮れてきたらしい外の闇がしのび込んでくる。鴨の愛用している鹿角《しかづの》の刀架《かたなかけ》が、暗い部屋の隅にひっそりと置かれていた。

足音がした。お清が、行灯《あんどん》の油を差しに来たのだった。隣りの部屋からも、火打ち石の音が聞えてくる。

「しんきくさいなあ、お梅はんも」

と、灯芯の具合をみながらお清が言った。

「土方はんが帰れて言わはった時に、すぐ、送ってて頼まはったらよかったのに」

お梅は、片頬で笑った。

「土方はんかて、きっと、そのつもりやったと思うわ。送ってもろたら、この暗い中の相合傘《あいあいがさ》や。どこでどうなったか、わからへん」

「言うてるやろ。うちは、あんな男はん、いややて」

「ほんま？　うちは、近藤はんが好きやさかい、お梅はんが土方はんが好きやっても、かまへんのやけど？」

お清は首をすくめ、行灯に明りをいれて部屋を出て行った。そろそろ夕飯の支度にとりかかるのだろう。

七ツはとうに過ぎている筈と思っていたが、鐘が鳴ったのはそれからだった。雨が降っていなければ、明りなどいらぬ時刻だった。

お梅は、わずかな風に揺れる明りを眺めながら、やはり帰った方がよいのではないかと思った。

強情な女は嫌われる。歳三になど嫌われてもかまわないが、おまさにまでいやな女だと思われたら、この屋敷へ来にくくなる。

だが、今頃になって帰ると言い出せば、お清が意味ありげに笑うだろう。お梅が帰ったあとで、おまさや前川邸の女中達に、何を言うかわからない。それも鬱陶しい話であった。

ふと、明日の朝、歳三に、強情を張った詫《わ》びを言いに行ってはどうかと考えた。お梅を見て、歳三が、帰らなかったのかと憎々しげに言う。お梅はしとやかに、歳三の命令に従えなかったことを詫びるのだ。

歳三がどんな顔をするか、考えるだけでもおかしかった。

玄関が騒がしくなって、お梅は我に返った。鴨が帰って来たのかと思ったが、聞えてくるのは女の声であった。かなり酔っているらしく、ろれつのまわらぬ舌でわめいては、式台を叩いている。

お清が、顔をしかめて台所から出て来た。お梅は、そのあとについて玄関に行った。

赤い着物の女が、軀をのけぞらせてわめいていた。

「輪違屋《わちがいや》の糸里《いとさと》や」

と、お清が言った。島原の遊女で、平間重助の馴染《なじ》みであるという。

とぎれとぎれの話をつなぎあわせると、なぜか今日は重助につめたくあしらわれ、糸里は、その恨みを言いたさにたずねて来たようだった。が、この雨で、駕籠《かご》に乗ったものの金の持ち合わせがなく、駕籠かきを門の外に待たせてあるらしい。いつの間にか顔を出していたおまさに言いつけられ、下男が玄関を飛び出して行った。

礼を言う駕籠かきの声が聞えてきた。酒手《さかて》をはずまれ、くぐり戸の中に向って声を張り上げたのだろう。

糸里は、お梅とお清とで台所へ連れて行った。もう半分眠っているような糸里の軀は、ずっしりと重かった。

髪も着物もずぶ濡れで、お清がおまさにもらったという着物を出してきたが、壁に寄りかからせた糸里は、軽い寝息をたてている。

髪だけを拭いてやって、お梅は台所を出た。

縁側に蹲《うずくま》る。

雨は、土砂降りになっていた。厚い雲がつくった闇の中を、雨の雫は、時折波頭のように白く光って落ちてゆく。お梅は、しばらくの間、雨の音を聞いていた。

やがて六ツの鐘が鳴り、夕飯の支度ができたとお清が知らせに来た。

台所へ行くと、糸里の姿がない。

「お手水《ちょうず》どっしゃろ」

と、お清は素気なかった。

食事をすませ、後片づけを手伝って、部屋に戻った。

隣りの部屋では、子供達がはしゃいでいる。寝間着に着替えているらしい。唐紙《からかみ》の開く音がした。子供達を、玄関脇の寝部屋へ連れて行くようだった。

八木邸は、玄関を入ったところが四畳半で、その左側にも四畳半、右側に子供達の寝部屋がある。八畳につづいているのは左側の四畳半で、寝部屋へ行くには、そこから玄関前の四畳半へ出て行かねばならない。

いったん遠のいた子供達の声が、また大きくなった。玄関前の四畳半で、軀をぶつけあってふざけているらしい。

「いつまでもほたえてると、この間のように寝られへんようになるえ」

と、おまさの声が言っている。寝部屋の唐紙が開けられた。

「ええこと教えてあげよか。おとなしい寝はると、明日の朝……」

妙なところでとぎれたおまさの声が、突然、鋭く響いた。

「誰え。そこにいはるのは、誰え」

食いつめ者の浪士だ――と、咄嗟《とっさ》にお梅は思った。

金を寄越《よこ》せの、食べ物をくれのと、刀をふりまわされたら大変なことになる。お梅は、夢中で唐紙を開けた。

玄関前の四畳半に手燭《てしょく》が置かれ、二人の男の子が、手をつないで立っていた。隙間風に明りが揺れ、小さな影も揺らめいている。

「どないしたんえ? お母ちゃんは?」

お梅は、拍子抜けして尋ねた。兄の方が、寝部屋を指さした。誰かいたようだが、食いつめ者の浪士ではなかったらしい。おまさは、子供らの枕をかかえて寝部屋から出て来た。

おまさは、お梅を見て苦笑した。糸里が、子供達の布団にもぐって寝ていたのだという。

「何を言うても白河夜船や。子供らは、八畳に寝かせまひょ」

おまさは、片手に行灯を持ち、もう一方の手で年下の子の手を引いて、部屋へ戻って行った。

お梅の部屋にも、お清が床をとりに来た。自分も早く寝《やす》むと言って、行灯の灯《ひ》を細くしてゆく。

やはり、鴨は帰って来ないようだった。

お梅は、帯をといて床に入った。

明日の朝、目が覚めたら歳三に会いに行こうと、ふと思った。

「しょうもない」

お梅は舌打ちをした。世の中が無茶苦茶になったのをよいことに、一旗あげようと京へ押しかけてきた武州の田舎者に、なぜお梅が会いに行かねばならないのだ。

「歳三かて、世の中を無茶苦茶にしたかたわれやないの」

激しい雨が軒を叩いている。お梅は、雨の音に背を向けた。気にすまいと思うと、なおさらその音が耳につく。お梅は、掌《てのひら》で耳をふさいだ。

それでも、いつの間にか眠っていたようだった。呼ばれたような気がして、ふと目を開くと、雨の音の中から、しきりにわめいている濁った男の声が聞えてきた。

お梅は、床の上に起き上がった。

男は、門の外で騒いでいるらしい。連れがいるのか、別の男の声と、甲高い女の笑い声も聞えてきた。鴨が、島原から帰って来たにちがいなかった。

床に横たわったまま、鴨を待っていようかとも思った。衣桁《いこう》にかけてある着物へ手を伸ばすのも、けだるかった。

が、迎えに出て行けば喜ぶにちがいない鴨へ、「ほんまにもう、うちを放っといて……」などと他愛のない恨みごとを言い、雨の中で大騒ぎをしてみたくもあった。

お梅は、衣桁の着物を引き下ろした。袖を通し、手早く帯を巻きつける。

雨はまだ土砂降りだった。お梅は提灯《ちょうちん》を探し、小さくなって残っていた蠟燭《ろうそく》に、行灯の火をうつした。

風が強くなっていた。お梅は、裾をからげ、すぼめた傘の中へ軀を入れて歩き出した。

蠟燭の火がしきりに揺れる。玄関を出る時は気づかなかったが、提灯の裾が破れていたのだった。あわてて傘を風除《かざよ》けにしたが間に合わず、音をたてて吹いてきた風に、火は大きく揺れて消えた。お梅は、暗闇の中に取り残された。

顔を上げると、くぐり戸の向うで提灯が揺れている。鴨が駕籠かきにからんでいるのかもしれなかった。お梅は、その明りを頼りに歩き出した。

雨をたっぷりと吸い込んだ庭土は滑りやすい。一足ずつ、ゆっくりと歩いていたのだが、くぐり戸を入ってきた提灯が鴨の顔を照らし出したのを見て、思わず早足になった。

右足が滑った。よろめいた軀を支えようとした左足もうしろにとられた。お梅は、傘を投げ出して倒れた。

その二、三間《けん》ほど先を、鴨が歩いて行く。

お梅は、ぬかるみの中の腕に額をつけた。鴨を呼ぶ気にもなれなかった。

もう一つ、提灯が通り過ぎて行った。鴨と同じ水戸脱藩の平山五郎《ひらやまごろう》と、馴染みの遊女の桔梗屋小栄《ききようやおえい》だった。二人は一つの傘に入り、もつれあうように歩いているらしい。

お梅は、のろのろと軀を起こした。四方へ手を伸ばして傘を探す。が、よほど遠くへ飛んだのか、手に触れるのは、ぬかるみとなった庭土ばかりだった。

くぐり戸はまだ開いていて、駕籠かきのものらしい明りが見える。その明りが掛声とともに離れて行き、別の提灯の明りが突き出された。中へ入ろうとしたのを、呼びとめられたようだった。

「約束通り、連れて帰って来たぜ」

平間重助の声だった。

「泊るつもりだったのだ、芹沢さんは」

ご苦労――。

という声がした。聞き違いではないかと、お梅は思った。

糸里が来ている。芹沢とは別の座敷で寝ろ――。

間違いなかった。歳三の声だった。

「わかった」

重助は重苦しく答えて、くぐり戸の中へ入ってきた。錠をおろし、玄関へ俯《うつむ》きがちに歩いて行く。

お梅も、ぬかるみから立ち上がった。

玄関では、まだ鴨と五郎が騒いでいる。

「尽忠《じんちゅう》報国の士、芹沢鴨である。皆、聞いているか」

「おう――」

五郎が手を叩いているようだった。

「攘夷を実行せざるは、幕府の失政である。それを何ぞや。幕府の失政を責めるに、帝《みかど》のおわします京を騒がすとは」

「然《しか》り、新選組は佐幕にあらず。宸襟《しんきん》を安んぜんがため、不逞浪士を取締っているのだ」

島原でも同じように騒いできたのだろうと、お梅は思った。

ほんまに、何が尊王攘夷や、何が佐幕や。偉そうなこと言うんやったら、人の金《かね》をあてにせんといて欲しいわ。うちらは異人さんが来はったかてかまへん。将軍さんがいはったかてかまへんのえ。そやのに、何でうちらを巻き添えにせんならんの――。

傘もなしに歩いていったお梅を、ようやく玄関の灯籠《とうろう》が照らし出した。真先にお梅に気づいたのは鴨だった。

「どうした。何かあったのか」

「何にもあらしまへん。お迎えに出たんやけどこけてしもうた」

鴨は、大声で笑い出した。人前もかまわずに泥だらけのお梅を抱き上げて、頰をすり寄せてくる。

「そうか、俺を迎えに行こうとして転んだのか」

笑い声までが熟柿《じゆくし》くさく、腕も胸も頰も、軀中が火照っていた。

「下ろしとくれやす。うちは、どこもかも泥だらけや」

「気にするな。わしを迎えに行こうとしてついた泥だ。舐《な》めてやりたいくらいさ」

「もう――」

「そう睨むな。どういうわけか、今夜は平間が帰ろう、帰ろうと言っていたが、帰って来てよかった」

鴨は、お梅をそっと式台におろし、ふたたび声を張り上げた。

「平山。わしはもう、酒は飲まんぞ。お梅と寝る」

尊王も攘夷も忘れたような顔で、座敷に上がって行く。

桔梗屋の小栄が、お梅の隣りに腰をおろした。懐から手拭いを出して、お梅の髪を拭いてくれる。

「なあ、台所へ行かはらへん？　この暑いのに、うち、平山はんと寝るの、いやや」

それが言いたかったようだった。

お梅はかぶりを振った。鴨の火照った背に頬を押しつけて、何も考えずに眠りたかった。

「うちは、――芹沢はんの女やもん」

それが、小栄に聞えたかどうかはわからなかった。


眠っていた背を蹴られた。同時に、すさまじい悲鳴が聞えた。それも、男のものだった。

お梅は、夢中で飛び起きようとした。その頬と肩に、つめたい痛みが走った。

「助けて。どろぼうや――」

が、盗賊ではなかった。四、五人ほどの気配が、すでに一太刀《ひとたち》浴びているらしい鴨を執拗《しつよう》に追いまわしていて、闇の中で刀が光るたびに、鴨はうめくような声をあげていた。

「平山は斬った。が、女はいない……」

沖田総司と仲のよい、山南敬助《やまなみけいすけ》の声だった。女は打棄《うっちゃ》っておけと押し殺した声で答えたのは、歳三にちがいなかった。

障子の倒れる音がした。鴨が、縁側づたいに隣りの部屋へ逃げ込もうとしたのだった。

「待て――」

総司の声だった。追いかけていって、斬りつけたにちがいない。鋭い、いやな音と、鴨のうめく声とが聞えてきた。

「いやや。そんなん、いやや……」

必死で部屋の隅へ這《は》って行きながら、お梅は、歳三が幾度も「帰れ」と言ったことを思い出した。

勇や歳三は、京都守護職配下の新選組局長でありながら反幕府を公言する鴨の暗殺を、ひそかに企《たくら》んでいたにちがいない。その実行の日が今日だったのだ。ことによると、島原へ遊びに行く費用を会津侯《あいづ》が出したというのも、計画の一つだったのかもしれない。島原へ行けば、鴨は、正体がなくなるほど酒を飲む。歳三は、鴨に額を割られた平間重助に言いつけて、鴨がどれほど酔っても島原から帰ってくるようにした――。

這っているお梅に、つまずいた者がいた。お梅はあとさきも考えずに立ち上がり、よろめいたその男は、いきなり蒼白《あおじろ》く光る刀をはねあげた。

「助けて」

斬られた背は、痛いのか熱いのかわからなかった。ただ、目の前の闇が大きく揺れ、逃げようとしている足が、畳に貼りついたように動かなくなった。

「たす、けて……」

「お梅、お梅か――」

倒れてゆくお梅を、太い腕が抱きとめた。

「ばかやろう。なぜ、帰《けえ》らなかった」

歳三の声だった。

「人の言うことをきかねえで――」

「明日の朝、……会いとおした……」

「隅でじっとしてろ。あとで医者を呼んでやる」

「いやや」

お梅は、懸命に手を動かして頬に触れた。斬られたあとが、大きく口を開いていた。

「こんな顔……生きてるうちは誰にも見せたない……」

斬って――と、お梅は言った。

わたしは京の女子《おなご》や。それも、ええとこの女子《おなご》や。新選組なんぞに傷つけられた顔で、生きてとうない。それに、――それに、土方はんがうちを斬らはったら、うちのことを、いつまでも覚えててくれはるやろ。ほんまは斬りとうなかったと、泣いてくれはるやろ。――お願い、はよ斬って。芹沢はんも、平山はんとの道行では可哀《かわい》そうや――。

お梅は、斬られた頬を押えて笑った。その頬に、つめたい雫が落ちてきた。歳三の涙だった。

静かだった雨の音が、また高くなった。

古《ふる》疵《きず》

火坂 雅志

火坂《ひさか》　雅志《まさし》（一九五六〜二〇一五）

昭和三十一年、新潟市に生まれる。早稲田大学卒業後、歴史雑誌の編集者となる。そのかたわら創作を志し、昭和六十三年、書き下ろし長篇『花月秘拳行』でデビュー。平成二年から専業作家となった。デビュー当初から、エンタテインメントに徹した時代活劇を得意としたが、しだいに重厚な作風へと変化。平成十一年、豊臣秀吉の隠し参謀・施薬院全宗を主人公にした『全宗』で、作家的成長を示した。以後『覇商の門』『黒衣の宰相』『家康と権之丞』など、優れた作品を上梓。平成十九年に『天地人』で第十三回中山義秀文学賞を受賞した。

「古疵」は「小説宝石」（平8・3）掲載、『新選組魔道剣』（光文社平8刊）に収録された。

一

松本良順《まつもとりょうじゅん》という医者がいる。

長崎でオランダ人ポンペから西洋医学を学び、幕府西洋医学所頭取をつとめて、徳川《とくがわ》将軍家の侍医になった男である。のち、湘南《しょうなん》の大磯《おおいそ》で日本最初の海水浴場を開き、健康法として海水浴を奨励したことでも知られる。

その良順が、新選組の屯所を初めてたずねたのは、慶応《けいおう》元年夏のことであった。

長州《ちょうしゅう》再征の将軍家茂《いえもち》について上洛《じょうらく》したおり、

「先生、ぜひ一度、隊士たちの体を診《み》てやっていただけませんか」

と新選組局長の近藤勇《こんどういさみ》に頼まれたのである。

当時、良順は多忙の身であった。若い将軍家茂は病弱で目が離せない。浪士の集まりである新選組の健康診断など、弟子のひとりを代診にやればすむところだが、
それでも良順が、

と思ったのは、近藤勇という人物に興味を持ったからである。

良順と近藤は、将軍の侍医と浪士集団の親玉と、立場がまったく違うにもかかわらず、風貌がよく似ていた。眉がきりりと吊《つ》り上がり、目つきが鋭い。双方とも、金槌《かなづち》でたたいても壊れることのなさそうな剛直な顎を持っている。しかも、三十四歳の良順のほうが二つ年上と、年齢も近かった。

もともと良順は、おのれの腕ひとつでのし上がったような武辺者が好きである。いまの幕閣には、近藤のごとき、野武士の匂いのする男は皆無であった。

江戸ではじめて会って、近藤のことを気に入った良順は、公務の暇をさいて、みずから新選組の屯所へ足を運んだのである。

屯所の大広間へ通された松本良順は、一瞥《いちべつ》し、

(むさいところだな……)

と、眉をひそめた。

新選組は結成以来、洛西の壬生《みぶ》村に屯所を置いていたが、隊士の増加とともに手狭になったため、この三月に浄土《じようど》真宗《しんしゆう》の総本山である西本願寺《にしほんがんじ》へ本拠を移していた。新選組の屯所になったのは、境内の北端にある北集会所である。

北集会所の大広間には、若い平隊士たちがごろごろしていた。それぞれ部屋を与えられる幹部隊士と違い、平隊士は平素、この大広間で寝起きし、ために部屋には饐《す》えたような汗の匂いが染みついている。

（男ばかりの大所帯だ。ろくに掃除もしておらぬのだろう）

合理的な西洋医学を学んだ良順には、まず、屯所の衛生状態が気にかかった。

良順はこのときのことを『蘭疇自伝《らんちゅうじでん》』なる手記に、

——横臥《おうが》する者、仰臥《ぎょうが》する者、あるいは裸体にて陰部を露《あら》わす者あり。甚《はなは》だ不体《ふてい》裁《さい》にして、その無礼なる言うべからざる者あり。

と書いている。

（とにかく、診てみよう）

良順は大部屋の片隅に陣取ると、一番隊の隊士から順に診察をはじめた。

健康状態を聞く問診から取りかかり、脈を取り、口腔《こうこう》をあらため、上半身を裸にさせて、オランダ人のポンペから譲られた聴診器で胸を検査した。

新選組は大所帯である。平隊士だけでも百人近くいる。平隊士の診察が終わったところで日が暮れ、幹部隊士を診るのは、また後日ということになった。

健康診断のあと、良順は近藤に連れられ、祇園《ぎおん》の茶屋山絹へ行った。副長の土方《ひじかた》歳三《としぞう》も一緒であった。

「先生、本日はお骨折り、まことに有り難うございました」

近藤はみずから銚子《ちょうし》を取って、良順に酌をした。

良順は、いける口である。飲酒も度を越さねば体によいと、毎晩二合ばかりは独酌で酒をたしなむ。

杯を重ね、ほろほろと酔いがまわってくると、

「さすがは音に聞こえた新選組、みな筋骨たくましく、鍛え上げた偉丈夫《いじょうふ》ばかりでありましたな」

良順はひとまず社交辞令を言った。

「上様の侍医をつとめる松本先生にそう言っていただけるとは、新選組局長として、私も鼻が高い」

近藤が顔をほころばせる。

近藤は、いかつい顔はしているが、根は人がいい。良順の言葉を、素直に喜んでいる。

「しかし」

と、良順は杯を置き、近藤と、そのかたわらで黙って酒を飲んでいる副長の土方

を見た。

「なりこそ立派だが、隊士のなかには病んでいる者が多いようです」

「隊内に病人がいると？」

「さよう」

良順は、近藤に向かって深くうなずいた。

「まず第一に、夏だというのに風邪《かぜ》をひいている者が多い。第二が食あたりだ。体の頑健な若い者が、風邪をひいたり、腹下しをしたりするのは、栄養状態が悪いからだ。隊士たちに存分の働きをさせたいなら、まずそこを改善なさるがよろしかろう」

「お言葉を返すようですが、先生。隊士たちには、日々、充分な食事を与えております。風邪をひいたり、腹下しをしたりするのは、気組みがしっかりしておらぬからです。庭に出て木刀でも振っておれば、病のほうで逃げていくもんです」

「いや、違いますな」

良順は首を横に振った。

「そのようなことをしているから、隊士の三人に一人が病をわずらっているのだ」

「は……」

近藤は、鳩《はと》が豆鉄砲でも食らったような顔をした。自分が病気らしい病気ひとつしたことのない頑健なたちだけに、良順の言葉がにわかに信じられないようである。

「まさか。何かの間違いでしょう、先生」

「医師が嘘《うそ》を言ってもはじまらんさ。それに、風邪や食あたりならまだしも、唐《から》瘡《もがさ》に冒されている者が多い。早く治療をしておかぬと、鼻がもげるぞ」

「脅かさんでください」

近藤も、若い隊士たちのあいだに唐瘡、すなわち梅毒が蔓延《まんえん》していることは知っている。北野《きたの》新地や三本木《さんぼんぎ》の郭《くるわ》で安女郎を買い、下《しも》の病をうつされて来るのである。

知ってはいたが、かと言って隊士たちの郭通いを禁じるわけにもいかない。なにしろ、彼らは日々、白刃のなかに身を置いている。女を抱かねば、血が鎮まらないのである。

「ほかに、気になる病人はおりましたか」

近藤の問いに、良順は酒で唇をしめらせ、

「積聚《しやくじゆ》と労咳《ろうがい》を同時にわずらっている男がおる」

と、告げた。

積聚とは心臓病、労咳とは肺結核のことである。いずれも、当時、不治の病とされた難病中の難病であった。

近藤はさすがに表情を険しくし、

「その病人、誰です？」

「尾関弥四郎《おぜきやしろう》」

「勘定方の尾関ですか」

「さよう」

「あの尾関が……」

近藤は、わきにいる副長の土方歳三と目を見合わせた。

尾関弥四郎は、大和国高取《やまとのくにたかとり》の出である。土方歳三の旗役《はたやく》をつとめる尾関雅二郎《まさじろう》の弟だが、剣の腕が劣るために勘定方へまわされ、新選組の会計や雑務をおこなっていた。もともと顔色の悪い男だったが、それほどの難病にかかっているとは、近藤も土方もつゆ知らなかった。

「尾関のやつ、自分の体のことなど、一切口にしたことがない」

と、それまで黙りこくっていた土方が、ぽつりとつぶやいた。

「おおかた、病が知れて、除隊となるのを恐れていたのであろうな。すぐに暇を出し、国元へ帰してやりなさい」

良順に言われるまでもなかった。

積聚と労咳をわずらった重病人を、隊内に置いておくわけにはいかない。

「さっそく、そのように取り計らいましょう」

近藤は気を取り直すように言うと、あらためて良順に酒をすすめた。

良順はさらに、屯所の浴場を広くし、病人のための病室をととのえ、隊で豚と鶏を飼うよう助言した。豚と鶏は、病人に薬喰《くすりぐ》いさせるためのものである。

「また、体の弱っている者には、牛の乳を飲ませるのもよい」

「わかりました。委細、先生のおっしゃるとおりにいたします」

みずから懇望して診察に来てもらっただけに、近藤はいちいち有り難がって良順の言葉を聞き入れた。

二

祇園祭の山鉾《やまぼこ》巡行も終わり、京の町はうだるような暑さにつつまれた。

(この暑さだけは我慢ならぬ。早く江戸へ帰りたいものだ……)

木屋町《きやまち》の医師、南部精一《なんぶせいいち》宅へ身を寄せていた良順は、柳の細葉を揺らすほども風の吹かない京の夏にへきえきとした。

だが、いかに江戸へもどりたくとも、幕軍の長州再征の準備は遅々として進んでいない。将軍家茂が上方《かみがた》に腰をすえている以上、侍医の良順も、勝手に江戸へ引き揚げるわけにはいかないのである。

新選組副長の土方歳三が、突然、南部宅に良順をたずねて来たのは、雷まじりの夕立が激しく町家の軒をあらって過ぎ去ったあとであった。

「おう、土方さん」

良順の居室に入って来た土方の黒紋付きの羽織の肩が、雨で濡《ぬ》れていた。途中、夕立に降られたのであろう。

「いかん、そのままでは風邪をひく。家の者に言って着替えを用意させるから、すぐに体を拭きなさい」

「いえ、このままで結構。すぐに乾きます」

すげなく言った土方は、ふところから取り出した懐紙で肩をぬぐった。

(めずらしい男がやって来たものだ……)

良順は、西本願寺の新選組屯所へすでに三度通い、隊士たちの健康診断と治療をすませている。必要な者には薬を与え、養生法も指導してきた。

だが、局長の近藤勇でさえ良順の診察を受けたというのに、なぜか土方のみは理由をつけては他出し、良順を避けているように見えた。

(医者が嫌いなのか)

と、良順は思った。

聞けば、武州多摩《ぶしゅうたま》の土方の実家では、石田散薬《いしださんやく》という家伝の打ち身薬を作り、土方はそれを行商して歩いていたという。薬の商いをしていたくらいなら、医薬の知識もあるのだろう。

じっさい池田屋《いけだや》事件のあと、土方は家伝の石田散薬を酒にといて負傷者たちに飲ませ、ために彼らの傷は化膿《かのう》もせずに、早く恢復《かいふく》したと聞く。

民間薬に頼りがちな者に、往々にしてあることだが、土方は新来の西洋医学を頭から信用していないのかもしれない。

(まあ、それはそれで仕方のないことだな……)

と、思っていただけに、当の土方歳三がひょっこりたずねて来たことに、良順はいささかおどろいた。

「今日はまた、何の御用ですかな。隊士たちのなかに、暑気当たりの者でも出ましたか」

良順が聞くと、

「いや。本日は隊士のことではなく、ほかならぬ私自身のことで折り入って相談があってまいりました」

座敷にすわった土方は、にこりともせずに言う。

良順自身に風貌のよく似た、野武士型の近藤勇とは対照的に、副長の土方は役者にでもしたいような涼しげな顔立ちをしている。感情をすぐにおもてにあらわす近藤と違い、土方はつねに冷静、切れ長な目の奥で何を考えているのか分からないようなところがある。

良順はどちらかと言えば、口数少なく、冷たい印象の土方が苦手であった。だが、わざわざ相談に来たというものを、追い返すわけにもいかない。

「どこか、具合の悪いところがおありかな？」

良順は医者としての癖で、相手の顔色、肌のつやなどをさりげなく観察した。見たところ、土方は壮健そのもの、どことい って体が悪いようには感じられない。

「悪いと言えるものかどうか……」

土方は、いつも無表情なこの男にはめずらしく、端整な顔をくもらせ、

「じつは、私の左脚には古い疵《きず》がある」

「疵が……」

土方に古疵があることは、別段、不思議ではない。不逞《ふてい》の浪士の取り締まりで、日々、斬り合いの絶えない新選組隊士なら、疵のひとつやふたつ、ないほうがおかしいだろう。

「その疵が、どうかなされたか」

「ええ」

と、土方はうなずき、

「疵は、京へ出て間もなく、三条縄手《さんじようなわて》での斬り合いのときに負ったものです。たいした深手でもなく、膿《う》むこともなかったので、ずっと忘れていたのだが、その古疵が最近になって妙にうずくようになった」

「どれ、見せてご覧なさい」

良順がうながすと、土方は無言で立ち上がり、仙台平《せんだいひら》の袴《はかま》の左裾を、膝のあたりまでたくし上げた。

「ほう、これは……」

良順は思わず声を上げ、身を乗り出して土方歳三の左脚を見つめた。

たくし上げた袴の下に、たくましい脚が伸びている。色白の、臑毛《すねげ》の少ない脚だ。

その脚の、ちょうど膝の下二寸あたりに、赤黒い肉の塊が醜く盛り上がっているではないか。

「瘍《よう》になっておる」

良順は低く落ち着いた声で言った。

瘍とは、腫れ物、出来物のことである。放っておいても日が経《た》てば治る良性のものもあれば、悪化すれば死にいたる悪性のものもある。触った感じが柔らかく、なかに水がたまっているようなら良性、逆に肉がしこりとなって固くなっておれば悪性であると、良順はみずからの臨床経験で知っていた。

「京へ出て間もなくの疵と申されたが、それはどれくらい前のことですかな」

「さよう、二年前のことか」

「二年も前の古疵が、このように……」

良順は、

「失礼」

と断りを言って、畳の上ににじり寄り、土方の脚にじかに触れてみた。

肉の塊は、指で押すと弾力があり、表面に細かい皺《しわ》が寄っている。

「痛みますか」

「いや、それほどのことは……。ただ、疵跡が日増しに腫れ上がり、人の顔のように見えてきたのが気にかかる」

「人の顔……」

良順はやや身を引いて、土方の患部を眺めた。

なるほど、言われてみれば、瘍の表面に寄った皺が人の顔のように見えなくもない。左右の目のへこみも、鼻の隆起も、口のくぼみもきちんとある。

「たしかに人の顔に似ているが、偶然、皺の寄り具合でそうなったのでしょう。察するに、古疵がいまになって化膿し、うずきだしたと見たが」

「聞くところによれば、人の体にできる腫れ物には、人面疽《じんめんそ》というものがあるそうですが」

「土方さん。あんた、この腫れ物が人面疽だとでも言うのかね」

「いや。ただ、そういうものがあると、話に聞いたことがある」

土方の言う人面疽の話は、浅《あさ》井了意《いりょうい》の『御伽婢子《おとぎぼうこ》』にも載っている。

山城国《やましろのくに》小椋《おぐら》の里に住む百姓が、あるとき熱を出し、左膝に奇妙な腫れ物ができた。腫れ物はしだいに大きくなり、人の顔そっくりの姿になった。腫れ物がうずくので、治療のために焼酎をかけてみると、人の顔をした腫れ物は酔ったように赤くなる。ためしに食べ物を与えると、口を大きく開けむしゃむしゃとたいらげる。

食べ物を多く与えると痛みは治まるが、与えないと激痛が走る。奇妙な腫れ物に取りつかれた百姓は、病みおとろえ、衰弱するばかりだった。

そんなとき、百姓の住む里へ一人の廻国《かいこく》の行者《ぎようじや》があらわれた。行者は百姓を救うため、さまざまな薬をこころみ、やがて貝母《ばいも》と呼ばれる生薬《しようやく》が人面疽に効き目があることに気づいた。貝母を薬研《やげん》で粉末にし、人面疽の口に流し込んだところ、十七日後に患部にかさぶたができ、やがて人の顔をした腫れ物はきれいさっぱり消えてなくなったという。

良順も、その人面疽の話は聞いたことがある。だが、西洋医学の合理的な考え方から見れば、酒を飲み、ものを食べる腫れ物など、存在するはずもない。

「なにかね、土方さん。この脚の腫れ物が、しゃべったり、ものを食ったりするとでも言うのかね」

「いや」

土方は袴を下ろし、もとのように正座し直すと、

「私は俗信、迷信、化け物のたぐいはいっさい信じないたちだ。しかし、京へのぼって来てから、この手で数え切れぬほどの人を斬ってきた。尊攘《そんじよう》の浪士ばかりで

なく、新選組副長として、隊の規律を乱す同志たちも数多く粛清してきた。おそらく、私の身には、恨みをのんで死んだ者たちの怨念がまとわりついているはずだ」

「死者の怨念が凝《こ》り固まって腫れ物になったとでも言うのかね」

「私は自分の信念に従って人を斬ってきた。だから、怨霊など少しも恐れてはいない。ただ、人はふとした隙に、気が弱くなることがあるでしょう。そうしたとき、この腫れ物を見ていると、むかし斬った連中の顔を思い出し、どうしようもなく辛気臭い気分になるんですよ」

土方の告白を聞き、

（ほう……）

と、良順は内心あざやかな驚きをおぼえた。

新選組副長の土方歳三といえば、泣く子も黙る鬼のような冷酷無比な男だと聞いていたが、その土方にも、人間的な気持ちの弱さがあったのである。

（近藤といい、土方といい、新選組の男たちは見かけによらず人間くさい）

良順はあらためて、京の町で人斬り集団と呼ばれ、蛇蝎《だかつ》のごとく忌み嫌われている新選組隊士に興味を持った。

「それほど気になるなら、すぐに腫れ物を切除しよう」

良順は言った。

だが、土方はしずかに首を横に振り、

「いや。腫れ物の痛みじたいは、さほどのものでもない。先生の言われるとおり、腫れ物は昔の古疵が膿んだもので、人の顔のように見えるのは気の迷いでしょう。放っておけば、こんなものはいずれ癒《なお》る」

「しかし……」

「先生に話をして、胸のうちがすっきりした。鬼の副長ともあろうものが、隊の者には弱みを見せられませんからな」

「とにかく、腫れが引くように、薬を調合して進ぜよう。あとで、人に取りに来させなさい」

「お手間をかけます」

軽く頭を下げ、早くも立ち上がりかけた土方に、良順は、

「それから、体を壮健に保ち、長生きをするために、牛の乳を飲むことをお勧めする。西洋の者はみな、子供のころから牛の乳を飲んで育つ。だから、彼らは体があれほど大きくなるのだ」

「長生きのためですか」

土方がうすく笑った。

「どうせ明日をも知れぬ命、畜生の乳を飲んでまで、生きたいとは思いません」

部屋を出て行く土方の背中を見送りながら、

(この男の胸には、冷たい風がひゅうひゅう吹き抜けているのだな……)

良順の目には、土方の孤独が透けて見えた。

三

「どうおしやした。お腹《なか》でも痛《いと》うおすか」

上七軒《かみしちけん》の芸妓《げいぎ》、君菊《きみぎく》が、床のなかでうめき声を上げる土方歳三に声をかけた。

真夜中である。

土方と床に入った君菊は、閨事《ねやごと》に疲れてそのままうとうとと眠ったが、つい今しがた、苦しげに唸《うな》っている男の声に目覚めたのである。

「土方はん、しっかりおしやして……」

君菊が枕行灯《まくらあんどん》のほの暗い明かりで見ると、土方は首筋にびっしょりと汗をかいている。

「お医者さまを呼びまひょか」

「いい……。それよりおれは帰る」

土方はいきなり、起き上がった。

「いけまへん。おかげんがお悪いのどすやろ？」

「たいしたことはない」

土方は、おどろいて目をみはる君菊にかまわず、身なりをととのえ、外へ出た。

寝静まった京の町を歩き、屯所へもどると、土方は行灯の明かりの下でつくづくと疵を眺めてみた。思いなしか、脚の腫れ物は前よりもさらに大きく盛り上がっているようである。

（やはり、人の顔に見える……）

松本良順には強がりを言ったものの、内心、土方は腫れ物のことを気にしていた。

腫れ物に浮き出た顔の輪郭は、いまやはっきりと形をなし、京へ出てきて最初に三条小橋《こばし》で斬った不逞浪士の断末魔の形相のように見える。角度を変えると、士道不覚悟で詰め腹を切らせた若い隊士の顔のようにも見え、また、近藤、土方一派が新選組の実権を握るために斬殺した、芹沢鴨《せりざわかも》の河豚《ふぐ》のように肥え太った顔にも見えた。

（ただの目の迷いだ。心に迷いがあるから、こんなふうに見える）

土方は自分に言い聞かせた。

（おれとしたことが情けない。もっと気組みをしっかりせねば……）

と、雑念をつとめて心から振り払い、松本良順が調合してくれた膏薬《こうやく》を疵に塗った。それでもなお不安は去らず、家伝の石田散薬を冷めた茶で流し込むように飲んだ。

だが、薬を用いても、腫れは引くどころか、日がたつごとにますます大きくなっていった。

さすがの土方も憔悴《しょうすい》した。

「どうしたんですか、土方さん。ずいぶんとお顔の色が悪いようですが」

部屋を訪ねてきた沖田総司《おきたそうじ》が、土方の顔を見るなり小首をかしげた。

「ばかを言え、総司」

土方は苦い顔をした。

「おれよりおまえのほうが、よっぽど顔色が悪い。おまえ、近ごろ、妙な咳《せき》ばかりしてるじゃねえか。積聚《しゃくじゅ》と労咳《ろうがい》にかかった尾関弥四郎の二の舞にならんように、せいぜい気をつけることだ」

「私は大丈夫ですよ。ついこのあいだも、伏見稲荷《ふしみいなり》にお参りして来ましたから」

「伏見稲荷といえば、商売繁盛の神様だろう。そんなところに行ってどうする」

「いやだなあ、土方さん」

沖田はころころと笑い、

「稲荷山の山頂近くに、風邪や咳に霊験あらたかなおせき社っていう社《やしろ》があるんです。よろしかったら土方さんも今度、いっしょに行きませんか。伏見稲荷の裏山には、白菊大神《しらきくたいじん》、青木《あおき》大神、末広《すえひろ》大神なんて祠《ほこら》がいろいろあっておもしろいですよ」

「そんなものに付き合っている暇があるか。おれは忙しいんだ」

じじつ、土方は多忙だった。

新選組が大所帯になり、隊士の数が増えるにつれ、たちの悪い者もまた、隊内に多くまぎれ込むようになったのである。

土方は局中法度書《きよくちゆうはつとがき》を出し、綱紀の粛正をはかった。
一、士道に背くまじきこと
一、局を脱することを許さず
一、勝手に金策すべからず
一、勝手に訴訟を取り扱うべからず

一、私《わたくし》の闘争を許さず

など、法度書は五十ケ条におよび、これに違反した者は、ただちに切腹という厳しい処分が待っていた。

法度書が公示されてから間もなく勘定方の酒井兵庫《さかいひょうご》が隊を脱走、郷里の摂津住吉《せっつすみよし》にかくれていたところを発見され、土方の意を受けた沖田総司らが斬り捨てた。

それから数日後、平隊士の佐野牧太郎《さのまきたろう》が町人をおどして金を巻き上げたことが発覚し、斬首。

翌慶応二年になり、二月に勘定方の河合耆三郎《かわいきさぶろう》が隊の公金を紛失した罪を問われ、首を斬られた。

六月、柴田彦三郎《しばたひこさぶろう》が商家で金策したうえに脱走し、但馬出石《たじまいずし》で捕まって京に連行されたうえ、切腹。

新選組には、日々、暗く血なまぐさい事件が絶えなかった。新選組の屯所の前を通ると、拷問を受ける人のうめき声や悲鳴が、昼夜を分かたず洩《も》れ聞こえてきたというのもこのころのことであろう。

(世間の者は何とでも言え……)

土方にとって、新選組は、おのが命より大事なものだった。男としてこの世に生まれてきたあかし、自分の存在のすべてと言っていい。

「おれが京洛で不逞の浪士を手にかけ、裏切り者の腹を切らせてきたのも、新選組を信義をつらぬく男の集団として完成させるためだ。新選組の名を後世に残せるなら、おれは誰の恨みを買おうが、呪われようが構いやしない」

土方は自分に言い聞かせた。

腫れ物は、その後も癒えず、時おり疼痛《とうつう》をともなって土方を苦しめた。しかし、土方は腫れ物の痛みに耐えつづけ、ついに鬼の副長の顔を崩すことはなかった。

四

慶応三年、隊が割れた。

割ったのは、参謀の伊東甲子太郎《いとうかしたろう》である。

もともと伊東の思想は、勤王である。佐幕の先鋒《せんぽう》たる新選組とは、最初から相容《あいい》れるはずがない。

薩長《さっちょう》と手を結んだ伊東は、桜も散り果てた陰暦三月十三日夜、近藤の妾宅《しょうたく》である興正寺《こうしょうじ》下屋敷において、一派の者十三名とともに、新選組との訣別《けつべつ》を告げた。

別離の座には、近藤のほか、土方も同席していた。

「われわれは、禁裏《きんり》様の御陵衛士《ごりようえじ》となり、新選組と手をたずさえて京の治安を守る所存だ」

とくとくと、みずからの正当性をのべる伊東の弁舌を聞きながら、

（何を言う。もっともらしいその才子づらの裏で、薩摩《さつま》の連中と密約をかわしていやがるくせに……）

土方は冷めた目で、伊東と、その後ろに居並ぶ一派の者どもの顔を見すえていた。

伊東甲子太郎に同調したのは、彼の弟で九番隊隊長の鈴木三樹三郎《すずきみきさぶろう》、監察の新井《あらい》忠雄《ただお》、同じく監察の毛内監物《もうないけんもつ》、伍長《ごちよう》の加納鷲雄《かのうわしお》、富山弥兵衛《とみやまやへえ》らであった。おどろいたのは、土方らと新選組結成当時からともに同志として歩んできた藤堂平助《とうどうへいすけ》が、脱盟者の顔触れのなかにいたことである。

長いあいだ仲間としてやってきただけに、藤堂の離脱は、土方も胸にこたえた。

「とにかく、われらは隊を出る」

伊東が言い放って去ったあと、土方と近藤は二人きりで話し込んだ。

新選組結成以来、最大の危機である。

ここで隊が割れれば、新選組は崩壊しかねない。

「どうする、歳《トシ》」

「局を脱することを許さずと、局中法度書にもある。許しておくわけにはいかんでしょう」

「斬るか」

鷹《たか》のようにするどい近藤の目が、光った。

「ああ。それしかない」

と、土方は正座した膝頭をつかみ、

「だが、今度ばかりは、一人や二人の脱走とはわけが違う。相手は十三人だ。いや、ことによると、追随する者がもっと出るかもしれない」

「では、どうすれば……」

「いっそ、悪い膿《うみ》は洗いざらい出してしまったほうがいい。膿を外へ出してから、一気にたたき潰す」

「それがよかろう」

伊東甲子太郎らは、孝明《こうめい》天皇から御陵衛士の職を拝し、東山高台寺月真院《ひがしやまこうだいじげっしんいん》に本拠をかまえた。

土方が予想したとおり、脱盟者は伊東一派の十三人のみにとどまらなかった。田《た》いる。

中寅三《なかとらぞう》、武田観柳斎《たけだかんりゆうさい》、加藤羆《かとうひぐま》らが脱走、いずれも追っ手によって斬り捨てられている。

脱盟者のなかには、変わり種もいた。文学師範をつとめる、陸奥国《むつのくに》仙台出身の司《し》馬良作《ばりようさく》という男である。

「洋行を志しているため、どうか暇をいただきたい」

という司馬の突飛な願いに、近藤、土方ともあきれ果て、特例として脱退を許した。

時節は動いている。

長州再征に失敗した幕府は、威勢衰え、まさに落日の観があった。対する勤王方は、犬猿の仲であった薩摩藩と長州藩の同盟が成り、朝陽《あさひ》が昇るごとく勢いを増しつつある。

十月十四日、十五代将軍徳川慶喜《よしのぶ》はついに時流に抗し切れず、大政を奉還して、ここに徳川幕府三百年の歴史は終わりを告げる。

京は、混乱の真っ只中《まただなか》にあった。

だが、政治の混乱とはまったく無関係に、土方、近藤らは、高台寺党一派殲滅《せんめつ》の好機を虎視眈々《こしたんたん》とうかがっていた。

（伊東を斬る、いい機会はないものか……）

土方が待つほどに、やがて、時は来た。

同年十一月十八日、伊東甲子太郎が、近藤からの酒宴の招きに応じたのである。

近藤の妾宅へ単身やって来た伊東甲子太郎は、近藤相手に得意満面で時節を論じた。

早くから、裏で薩摩と手を結んでいた伊東の前途は、洋々と開けている。反面、いまはなき幕府の古い権威にすがって生きる近藤らに対して軽侮の気持ちがあり、そこに油断が生じた。

伊東はすすめられるまま酩酊《めいてい》し、夜になって、近藤宅を出た。冷たく冴《さ》えた冬の月が照らす道を、千鳥足で七条油小路《しちじょうあぶらのこうじ》まで来たとき、突如、物陰から躍り出た槍《やり》が伊東の首筋を刺しつらぬいたのである。

伊東甲子太郎を一撃で仕留めたのは、〝人斬り鍬次郎《くわじろう》〟の異名をとる、新選組の大石《おおいし》鍬次郎である。

伊東が大石の槍に斃《たお》れ、物言わぬ死体となって夜の道に転がるさまを、土方は物陰からじっと眺めていた。

伊東が槍につらぬかれた瞬間、なぜか脚の腫れ物がうずいたような気がした。

だが、高台寺党との戦いは、まだ終わってはいない。

（いくさはこれからだ）

土方は、首領を失った高台寺党をおびき寄せるエサとして、伊東の死骸を七条油小路の路上に放置させた。そのうえで、辻《つじ》の陰に隊士四十名を配し、彼らが死骸を引き取りにやって来るのを待った。

夜明け前、高台寺党七名が油小路に駆けつけて来た。土方ひきいる新選組は、激しい斬り合いのすえ、彼らを殲滅した。

凄惨な闘争のあとの血だまりを前に、

（終わったか……）

と、胸を撫《な》で下ろしたとたん、左脚の膝の下に痛みが走った。

土方は顔をしかめた。

「副長、どうかなされましたか」

路上に立ち尽くしている土方を見て、若い隊士のひとりが声をかけてきた。

「何でもない。引き揚げるぞ」

土方は無愛想に言うと、底冷えのする夜明け方の道を歩きだした。

（疲れているのだ、おれは……）

屯所へ帰還した土方は、寝床にもぐり込み、泥のように眠った。

眠りながら、幾つも夢を見た。

生きながら地獄の炎に焼かれる夢、川で溺れてもがき苦しむ夢、高い断崖の上から真っ逆さまに落ちる夢、いずれもろくな夢ではなかった。

首筋にびっしょりと汗をかき、目覚めたときには、すでに障子が夕陽に赤く染まっていた。

汗をかいたせいか、むしょうに喉が渇いた。

起き上がって、誰か人を呼ぼうとしたが、どうしたことか、寝床から起き上がることができない。体に鉛を詰め込んだようだ。声も出ず、手足を動かすことすらできなかった。

土方はしばらく、額に脂汗を浮かべ、寝床のなかでもがいていたが、

（これも疲れのせいだ……）

とあきらめ、ふたたび眠りについた。

今度は夢も見ずに眠り、真夜中になって起きた。

屯所のなかは、死んだように寝静まっている。

おそるおそる体を動かしてみると、手足は何の抵抗もなく動き、上半身を起こす

こともできた。

(やれやれ)

と、思ったとたん、いきなり、土方の左脚を激痛が襲った。

くだんの腫れ物の箇所である。

太い鉄の棒でぐいぐい揉《も》み込まれるように、激しく痛む。痛さのあまり、思わず、声を洩らしそうになる。

(どうしたことだ)

苦痛をこらえ、ふとんをめくってみると、はだけた寝巻のあいだから、古疵のあとにできた腫れ物がのぞいた。

暗いのではっきりとは分からないが、指で触った感触では、昨日までの倍近く、腫れ上がっているようである。

行灯に灯《ひ》をともし、明かりの下に脚をさらした土方は、次の瞬間、

――あっ
と、息を飲んだ。

なんと腫れ物の顔が、つい昨夜、七条油小路で斬殺したばかりの、伊東甲子太郎そっくりになっているではないか。

ほの暗い明かりに浮かび上がった伊東の顔が、大口を開け、妖しく笑った。

（ばかな……。腫れ物が笑ってたまるか）

土方は思わず、床の間に手を伸ばした。刀掛けにあった蠟色鞘《ろいろざや》の脇差《わきざし》を引っつかむや、鞘を払い、刃を腫れ物に当てる。

（失《う》せよ、化け物）

ぐっと力を入れ、刀を手前に引くと、真っ赤な鮮血と黄褐色の膿が一直線に壁まで飛んだ。

腫れ物の顔は、まだ笑っている。

（おのれッ……）

土方は無我夢中で腫れ物をかき切った。血と膿がだらだらと脚を伝い、ふとんを染めたが、笑い声はやまない。

（くそッ！）

カッと頭に血がのぼった土方は、脇差の切っ先をおのが脚に突き立てた。

耐えがたい腐臭と血の臭いのなかで、土方はいつしか気を失っていた。

五

土方が意識を取りもどしたのは、翌日の昼過ぎのことである。

はっとして目覚めると、見知らぬ部屋に寝かされていた。屯所の私室ではない。

(どこだ、ここは……)

どこかの屋敷の離れのようだった。身を起こして、部屋を見まわすと、床の間の竹の花入れに白いサザンカの花が活《い》けられている。

土方が、花を見つめていると、カラリと襖《ふすま》が開き、若い女が入って来た。床の上に起き上がっている土方を見て、

「あら」

という顔をする。

土方がものをたずねようとするより先に、女は、

「待っていてください。いま、先生を呼んでまいりますから」

と言い残し、襖をしめて、またどこかへ去ってしまった。

(先生と言ったな……。先生とはいったい誰のことだ)

土方が細々と記憶の糸をたぐっていたとき、ふたたび部屋に入ってきた者がいる。

女ではない。

目鼻の作りが大きく、剛毅《ごうき》な顔をした、壮年の男であった。

「おっ、松本先生……」

男の顔を見て、土方は声を上げた。

入って来たのは、徳川将軍家の侍医、松本良順その人であった。

「まだ、寝ていたほうがよろしい。体に熱が残っているはずだ」

良順に言われてみると、なるほど体がぜんたいに熱っぽく、だるいような気がする。

「先生、ここはどこです」

土方が聞くと、

「なんだ、自分で真夜中にここへやって来て、わしに治療を頼むと言っておきながら、どこにいるかも分からぬのか」

「私が、ここへ？」

「さよう。ここは、以前、おぬしも診察に来たことのある、わしの父の弟子、南部精一どのの家じゃ」

「ああ、あの……」

土方は思い出した。

たしか二年前、この同じ離れで、良順に左脚の腫れ物を診てもらった記憶がある。

（しかし、おれが自分でここまで歩いて来たとは……）

屯所から木屋町の南部宅までは、少なく見積もっても、半里はある。傷ついた脚で、自分はどうやってその道のりを歩いて来たというのだろうか――。

（そうだ。おれは脚にできた伊東の人面疽《じんめんそ》を切り取ろうと……）

七条油小路で伊東甲子太郎一派を斬ってからの出来事が、一瞬にして、何もかも頭によみがえった。

（腫れ物はどうなった）

あわてて土方がふとんをはぐってみると、左脚には真新しい晒《さらし》が幾重にも巻かれていた。

「脚の腫れ物なら、ゆうべのうちに切り取っておいたから安心しなさい。どうやら、腫れ物に膿がたまり、体じゅうに毒がまわっていたようです。しかし、なぜ、これほどひどくなるまで放っておいたんだ、土方さん」

「…………」

　土方は、良順の問いには答えず、晒の上から腫れ物にそっと触れてみた。

　昨夜は瘤《こぶ》のように盛り上がっていた腫れ物が、平らになっている。良順が切除手術をしたというのは、本当のことらしい。

「むろん、先生も、あれをご覧になったのでしょうね」

「あれとは？」

「人面疽ですよ。死んだ伊東甲子太郎の顔をしていた……」

　土方が言うと、良順は太い眉をかすかにひそめた。

　じつのところ、良順はしばらく江戸へ下り、上洛して来たのは、つい三日前のことだった。だから、自分が留守をしているあいだ、土方をはじめとする新選組隊士たちに何があったか、くわしくは知らない。

　だが、新選組が伊東甲子太郎を斬って捨てたということは、人の噂《うわさ》で知っている。

「あれは、人面疽なんかじゃない。ただの腫れ物が悪化したものだったよ」

「そんなはずは……」

「医者が嘘を言うはずがなかろう。根の深い腫れ物だったが、そっくり切り取って消毒しておいたから、もはや腫れ上がることはない」

「昨夜、私は人面疽を切り取ってしまおうと、自分で脇差を振るったんです。おびただしい血が流れ、膿がほとばしった……」

「前にも言ったが、人面疽なんてものは、昔話のなかにしかないものだ」

良順は病み上がりの患者を落ち着かせるように言い、

「いかに国事のためとはいえ、人を殺せば罪悪感も湧く。あんたの場合、人を斬りすぎたという罪悪感が、形を変え、ただの腫れ物まで、人の顔のように見えてしまったんだろう」

「…………」

西洋医学の権威である良順に理路整然と説かれても、土方の心には、いまだ釈然としないものが残っていた。

いまもこの手に残る、足の腫れ物を切ったときの、不快な感触は何だったのか。自分はなぜ、意識もないまま、木屋町の良順の寓居《ぐうきょ》までたどり着くことができたのか——。

だが、深く突き詰めて考えている時間は、土方にはなかった。激しい時代の流れが、安閑としていることを土方に許さなかったのである。

油小路の事件からちょうど一月後、新選組は高台寺党の報復を受けた。

局長の近藤勇が、一派の残党、阿部十郎《あべじゅうろう》（維新後、北海道開拓使の官僚となり、のちリンゴ園経営をおこなった）に、伏見近くの藤森神社の前で狙撃されたのだ。

近藤は、肩の骨がこなごなに割れるほどの重傷を負った。

けがのため起き上がれなくなった近藤は、大坂城に入っていた松本良順のもとに運び込まれた。と同時に、労咳《ろうがい》の病が重くなっていた沖田総司も大坂へ移送されることになった。

「無念ですよ、土方さん」

沖田はすっかり病み衰え、枯木のように細くなった手で、土方の腕をつかんだ。

「せっかくここまで一緒にやって来たのに……。私も最後まで、土方さんや隊の者と一緒に戦いたい」

「だめだ、だめだ」

土方は心を鬼にして、首を横に振った。

「おまえの体では、薩長とのいくさは戦えねえ。病人や怪我人《けがにん》がいては、足手まといになるだけだ」

「病人、怪我人といっても、いまでは隊の者ほとんどがそうですよ。重いか軽いかのちがいがあるだけだ。鬼みたいに元気なのは、土方さんだけかな」

ばかを言え、おれだって――と、土方は松本良順に切除してもらった左脚の腫れ物のことを口にしかけ、途中で思わず言葉を飲んだ。

腫れ物はあれきり治ってしまったようにみえるが、いつまた姿をあらわすか分からない。

「生きていくってことは、他人《ひと》さまの業《ごう》を背負っていくことなんだな……」

「え、何ですって？」

沖田が、土方のつぶやきを聞きとがめた。

「何でもない。それより、早く松本先生のところへ行き、労咳を治して来い。おまえの業まで背負うのは願い下げだ」

土方は、沖田を大坂へ送った。

鳥羽伏見《とばふしみ》の戦いは、それから半月もたたない、慶応四年、一月三日に勃発した。

幕軍は敗れた。

大坂にいた大将の徳川慶喜は軍艦開陽丸《かいようまる》に乗って真っ先に江戸へ逃げ帰り、取り残された新選組隊士たちも、負傷者は富士山丸《ふじやままる》に、元気な者は順動丸《じゅんどうまる》に乗船して、上方《かみがた》に別れを告げた。

一月十五日、隊士三十九名は品川《しながわ》で下船した。

近藤、沖田らの傷病者は、松本良順が頭取をつとめる和泉橋《いずみばし》の西洋医学所へかつぎ込まれた。

西洋医学所で療養をつづけた近藤の肩の疵は、二月に入り、ほぼ癒えた。

その近藤に、慶喜から大命が下された。江戸へ向かって進撃をつづける官軍を迎え撃つべく、甲州《こうしゅう》へ進発せよというのである。官軍に恭順の意をしめしている慶喜は、勤王浪士の恨みを一身に買う新選組を厄介払いしたかっただけなのだが、近藤はそれを知らなかった。

近藤は土方とともに、与えられたわずか二百余名の兵をひきい、甲州街道を一路、甲府へ向かった。途中、柏尾《かしわお》で官軍の先鋒とぶつかって敗北、江戸へ逃げ帰ることになる。

ことここに至り、

「もう、だめだ……」

かつて京都市中を震え上がらせた新選組局長、近藤勇は副長の土方に弱音を吐いた。

「あんたが、そんな弱気でどうする。おれたちが、いまここで戦いをやめてしまえば、死んだ者たちが浮かばれぬではないか」

土方は近藤を励ましたが、いったん萎えてしまった近藤の気持ちをふたたび奮い立たせることはできなかった。

新選組局長近藤勇、下総《しもうさ》流山《ながれやま》にて官軍に投降。京洛で勤王の浪士を多数斬った罪により、斬首。近藤の首は三日間、板橋宿《いたばしじゅく》の路傍に晒《さら》し置かれた。

近藤の死から二月後、沖田総司は持病の労咳が悪化し、江戸の今戸《いまど》で世を去った。わずか、二十七年の生涯であった。

そのころ、土方歳三は会津《あいづ》にいた。奥州《おうしゅう》街道を攻めのぼった官軍に対抗し、会津藩兵とともに、戦いをつづけている。

いかなる奇縁か、松本良順も土方とともにあった。

「先生、あんたは医者だ。最後までおれに付き合うことはない。もういいかげん、江戸へ帰ったらどうですか」

土方がすすめても、良順は頑として首を縦に振らなかった。

「もし医者の家に生まれなかったら、わしは新選組に入って斬り合いをしていたな。気持ちはあんたらと同じさ。わしにとって、負傷兵をひとりでも多く助けることが官軍との合戦なんだ」

「先生も変わったお人だ」

土方は笑った。京にいるころにはついぞ見せたことのない、明るい、陰のないカラリとした笑いだった。

「土方さん。ときにあんた、あの古疵はどうしたね」

「先生に診てもらった脚の疵のことですか」

「そう、それ」

一度、土方を診察したことのある医者として、良順がずっと気にかけていたことである。

「あいかわらずだよ、先生」

「あいかわらずとは？」

「京の都で背負った業と、おれは死ぬまで戦いつづけねばならんようです」

「では、腫れ物がまた……」

「もう、どうでもいいことです。とうに、地獄へ落ちる覚悟はできている」

土方の切れ長な目は、会津の空ではなく、もっとはるか彼方《かなた》、北の空を見つめているような気が良順にはした。

やがて、二人にも別れのときは来た。

会津若松《わかまつ》を去り、土方はさらに北へ。良順のほうは船で横浜へ舞いもどったところを官軍に捕らえられ、江戸へ護送されて、本郷《ほんごう》の加賀《かが》藩邸内の牢獄《ろうごく》へ入れられた。

土方歳三が、蝦夷地《えぞち》の箱館《はこだて》で壮烈な討ち死にを遂げたと良順が聞いたのは、その牢獄のなかだった。

(ああ、終わったか……)

名状しがたい思いが、良順の胸に込み上げ、不覚にも泪《なみだ》がこぼれた。

(あの男、いろんなものを背負ったまま、逝ってしまった)

良順は、牢獄の小さな高窓を見上げた。窓からは、まだ芽吹き前の春楡《はるにれ》の木の枝が見えた。

逃げる新選組

早乙女　貢

早乙女《さおとめ》　貢《みつぐ》（一九二六～二〇〇八）

大正十五年、中国ハルビンで生まれる。慶應義塾大学文学部中退。昭和二十九年頃、山本周五郎の知遇を受け、創作活動を始めた。また、新聞・雑誌に多数の作品を発表するかたわら、伊藤桂一・尾崎秀樹らと同人誌「小説会議」を創刊している。二度の候補を経て、昭和四十三年に『僑人の檻』で、第六十回直木賞を受賞。平成元年には、ライフワークの『會津士魂』で、第二十三回吉川英治文学賞を受賞。曽祖父が戊辰戦争を戦った会津藩士であったため、会津への想いは終生深かった。痛快な時代エンタテインメントから、重厚な歴史小説まで、作風は幅広い。また絵の才能もあり、絵画展を開催している。「逃げる新選組」は『竜馬を斬った男』（東京文藝社　昭45刊）に収録された。

一

日が暮れようとしていた。正月といっても明けたばかりで、おだやかな陽《ひ》ざしにも、夕方の風にも冬の色は濃かった。屋敷の門前や大店《おおだな》の軒先の門松も注連飾《しめかざ》りも松ノ内の風景だったが、ふだんの正月と違い、重苦しい暗雲がこの伏見《ふしみ》の城下を蔽《おお》っていた。

いつもなら屠蘇機嫌《とそきげん》の賀正客が行き交う街すじも往来が絶え、大戸を釘《くぎ》づけにして無人の家が尠《すくな》くない。土蔵の窓には泥の目塗りがしてあるのが見える。

宵風が寒気をともなってくると、街にうごめく影は、抜身の槍《やり》や鉄砲を抱えた武装兵だけになった。

この暗雲の去来は——

衰退してゆく徳川《とくがわ》幕府の最後のあがきだった。

さきに攘夷《じょうい》開国の騒ぎに端を発して、討幕の機運を盛り上げてきた薩長土《さっちょうど》三藩の盟約による、大政奉還の建白と強圧が実を結んで、十五代将軍慶喜《よしのぶ》が将軍職を退いたのは二《ふ》タ月前のことである。

だが薩摩《さつま》藩と長州《ちょうしゅう》藩を主軸とするアンチ幕府の最終目的は、徳川氏の壊滅にあった。

大政奉還しても徳川氏の二百六十年間にわたる勢威は厳然として存在している。関東以北の諸藩の大部分が佐幕なのだ。その機をはずさず、一挙に叩《たた》き潰してしまえ、というのが薩長の急進派の意見だった。

江戸の薩摩屋敷では浮浪の徒を集め、故意に市中を狼藉《ろうぜき》し、取締警備の任にある庄内《しょうない》藩屯所に発砲するなどした。幕府を怒らして、戦さにもってゆこうとする謀略だった。庄内藩ではその術《て》に乗って、とうとう三田《みた》の薩摩屋敷に焼打ちをかける。

その報が大坂城の慶喜のもとに入るや、慶喜を初め幕閣の要人たちも忍耐の緒を切ってしまった。

「大政奉還は天皇への政権返還である。薩長徒輩何するものぞ。すべからく、君側《くんそく》の奸《かん》を討つべし」

罪状を列挙して討薩長を掲げ、闕下《けっか》に冤訴《えんそ》すべく前将軍慶喜は率兵上京を声明した。

淀《よど》本宮に本営を設け、総督は松平豊前守《まつだいらぶぜんのかみ》、副総督は塚原但馬守《つかはらたじまのかみ》、上使は滝川播《たきがわはり》磨守《まのかみ》で見廻組《みまわりぐみ》や桑名《くわな》藩兵に守られて鳥羽《とば》街道を進んだ。

すなわち慶応《けいおう》四年正月三日。新選組は会津《あいづ》藩兵らとともに、竹中丹後守《たけなかたんごのかみ》に属して、伏見口に当るべく、伏見京橋《きょうばし》際に待機して命令を待っていたのである。

河岸の南浜《みなみはま》から津《つ》ノ国屋《くにや》前河岸に布陣した隊士およそ二百。在来の隊士は六十人ばかりで、他は新募の兵だった。

川向うの来迎寺《らいこうじ》の大欅《おおけやき》の梢《こずえ》に、烏《からす》が一羽とまって凝《じ》っと見おろしている。何か寒ざむとした姿だった。

「あいつ、何見とるんやろ」伍長《ごちょう》の島田魁《しまだかい》がいまいましそうに見上げて、

「高みの見物きめこむのやな。一発喰《くら》わしたろか」

「よせよ」と、池田小三郎《いけだこさぶろう》が鉄砲を圧《おさ》えた、「命令なしの発砲は切腹ものだ。それこそ烏に笑われるぞ」

「阿呆《あほう》は承知さ。それにしても、早く始まらんかなあ。腕が鳴るわい」

「なんと鳴る」

「芋をぶった斬りたいとな、芋雑炊にして食うか」

「ぶった斬っても、いまどきの唐芋《からいも》は仲々食えんて」

「焼酎に仕込むか」

「悪酔いするのがオチじゃて、ははは」

聞いていた者みんなが笑った。が、その笑い声は妙に虚《むな》しさを胸にひろげただけだった。

「こんなところで、便々と待つことはない。我々が先鋒《せんぽう》になって、洛中《らくちゅう》へ突っこめばいいんだ」

焦《いら》だたしげに吼《ほ》えるように言ったのは、久米部正親《くめべまさちか》だった。

「隊長はどうしたんだ、みんなで進言しようじゃないか」

そのとき、寺田屋《てらだや》の角から、前掛の小僧がちょろちょろと走ってきた。隊士の一人をつかまえて、何か聞いていたが、池田小三郎のところに来て、何やら囁《ささや》いた。

「――ほんとうか、来ているのか？」

「へえ、待っていやはります、ちょっとでもお目にかかってお別れ言いたい、言いはりまんね」

「うむ。すぐにゆく」

小三郎は小僧の後から、小用にでも立つような調子で、陣場を離れた。

寺田屋の裏路地へ入ろうとするところで、

「池田、どこへ行く」

するどい声が飛んで来た。

土方歳三《ひじかたとしぞう》だった。

乱髪止めに小札《こざね》入りの鉢巻きをし、金紋黒革胴の小具足《こぐそく》を着て緋羅紗《ひラシャ》の陣羽織に采配を手にしている。

切れの長い目、うすい唇など整った顔立ちで中肉中背だから、年齢より若く見えるが、三十四になっているはずだ。

その眼《め》が、きらりと冷たい光の箭《や》を投げて、

「無断で隊列を離れてはならん」

「はあ……」

「伍長の君がそんなふうでは困るではないか」

小三郎は棒立ちになった。

「平同士も多いことだし、率先して隊規を守り、新選組の面目を保つ活躍は、君らに負うところが多いのだ、隊列に戻りたまえ」

声はよく聞えなかったが、咎《とが》められている様子はみんなに見えている。島田魁が

つかつかとやってきた。

隊中一の巨軀《きょく》で、故郷の美濃《みの》では草相撲の大関になったこともある島田は、笑うと頬にえくぼが出来て、愛嬌《あいきょう》のある顔になる。

「土方先生、差出がましいようですが、池田君に逢《あ》いたいというレコが来ているのです。京からわざわざ、今生《こんじょう》の名残りを惜しみに来たというのですから、許可してやって下さい」

「それなら、尚更《なおさら》のことだ」

土方の言葉は切り裂くように峻烈《しゅんれつ》だった。

「大公儀危急存亡のとき、一婦人に恋々としていて、強敵を倒せるか」

「ですから、未練のないように……」

「黙り給《たま》え、新選組の隊士には、いまとなって如何《いか》なることにも未練がましい怯《きょう》懦《だ》の心ある者はないはずだ。入隊したとき、すでに明日のわが身を省《かえり》みず、奉公専一の誓言をしたはずだ。君らは幕臣としての誇りを持っていないのか、大公儀に捧《ささ》げた命ではなかったのか」

「わかりました、副長」

池田小三郎が蒼《あお》い顔で答えた。

島田がまだ何か言おうとするのを、小三郎はおさえて、一揖《いちゆう》すると、陣へもどった。

「島田」

「は……」

「その女、追い帰したまえ」

「…………」

「命令だ」

「やむを得ませぬ。貧乏くじを引いたようです。戦さになればまっ先に討死するのは私でしょうな」

寺田屋の裏から、さっきの小僧がのぞいている。

猪首《いくび》をふりながら、大股にそのほうへ歩いて行く島田魁を見送って、土方歳三は言いようのない怒りが胸にふつふつと黒く泡立つのをおぼえた。

――なぜ、おれが怨《うら》まれねばならぬのだ。新選組の存在の意義はかれら自身が充分知っているはずではないか……

貧乏くじ、と島田は言った。そのくじを引いているのは土方自身ではないか。

旧臘《きゅうろう》十八日、竹田《たけだ》街道で高台寺《こうだいじ》党の残党から狙撃されて近藤勇《こんどういさみ》は左肩を砕かれ、大坂城で手当てを受けている。したがって、土方が隊長として隊士を率いて来たのである。

春風秋雨五年、近藤の勇猛を補佐するに智略《ちりやく》をもって新選組を率いた土方への大方の評は冷徹残忍の極言すらある。それに甘んじて来たのも、組のためであり、崩れゆく幕府を支えるために、組織をより強力にしなければならなかったためだった。

公金費消の理由で死罪にもした。怯懦の故に切腹させもした。浮浪の徒、人斬り無頼の集り、と誹《そし》られた組を、会津守護職輩下のれっきとした集団に昇格させるために、思い切った荒療治も必要だったのである。

——おれの気持は誰にもわからぬ……

天下分け目の戦さが、目睫《もくしよう》に迫ったいまになって、情婦か馴染《なじみ》か知らぬが女に逢うなどというだらけた気持になるほうが、土方には不思議でならなかった。

——みんな一体、この戦さを何と思っているのだ？　おれだけ、一人で力んでいるのか、気負いすぎているのか？……

島田の捨てぜりふが甦《よみがえ》った。

戦さが始まったら、と彼は言った。

「——最初に死ぬのは、おれかもしれぬ……」

ふと、そんな暗い予感が胸を掠《かす》めた。

夕闇の濃くなった空をふるわせて、突然砲声が聞え、それはたちまち、春雷の天地にこだまするように、韻々たる音響を呼んだ。無理押しに入洛しようとする幕軍に対して鳥羽口の薩藩《さつぱん》が砲門を開いたのである。

いわゆる鳥羽伏見の戦火が切って落とされたのであった。

二

薩長を主軸とする京軍が、短時間のうちに優勢を示したのは充実した火器のほかに、錦旗《きんき》を持ち出して、官軍を標榜《ひようぼう》したことである。

鳥羽口の砲声によって新選組は行動を起した。

すぐさま北進しようとしたが、伝令が来て薩軍の隊が桃山城址《ももやまじようし》へ南進してくるという。

「よし引受けた。芋が五万と押寄せても一人も通すものか」

ただちに隊伍《たいご》を組みなおして浜通りを東進した。

京町から北へまがって伏見奉行所の門前二丁にわたって陣を張る。

「斥候《ものみ》を出せ」

土方が顎をしゃくると、伍長の久米部が、舟津鎌太郎《ふなづかまたろう》に命じる。舟津は馬に乗って坂道を駈《か》け上《のぼ》って行った。

もうすっかり日が暮れて、北の空が民家を焼く火で仄明《ほのあか》るく砲火がぱっぱっと、花火のように、美しく見える。

「――帰ってきました」

誰かが叫んだ。

緊張の耳に馬蹄《ばてい》が聞えた。坂をくだってくる。闇の中にそれが、主《あるじ》を失った馬だけだと知って土方の顔色が変ったとき、轟然《ごうぜん》たる音が闇を裂き、奉行所の門扉が炸《さく》裂《れつ》して、どっと火を噴きあげた。

「敵だ、散れ！」

その声をうち消す砲声。すでに桃山城址は敵勢の占拠するところとなっていたのだ。闇の中だし、混乱が恐怖を招いた。まだ遠くにあると思った敵が、ほとんど頭上といってよい高みに大砲を据えているのだ。

虚を衝《つ》かれただけでも、不利だ。戦さは気と機が大勢を支配する。同数、同勢力でも勝敗のポイントは僅かの差で決る。

優秀な火砲に風までが味方した。間断ない砲声と巨大な焼玉の息つぐひまもない撃ち込みに、奉行所は凄《すさ》まじく炎上し、勇猛をもって鳴る新選組もばたばた仆《たお》れてゆく。

「撃て！　撃て！」

土方は声を嗄《か》らして、隊士を督励して走りまわった。

応急の竹柵によって、応戦するのだが、二百名の隊士のうち鉄砲は僅か三十挺《ちよう》あまり。それも古い先込めのやつで、新式の旋条銃《せんじよう》など一挺も持たぬ。

炎々たる奉行所の火明りに照し出されたところを狙い撃ちにされるからたまらない。

土方のすぐ目の前で、近藤勇の養子周平《しゆうへい》が胸板を撃ち抜かれて、きりきり舞いして倒れた。

「しっかりしろ、周平さん」

抱え起したが、かっと眼をむいたまま、周平はこと切れている。

悪夢でも見ているかのように、信じ難い敗戦だ。

「退《ひ》け、みんな退け」土方は周平を担ぎあげて、

「京橋まで退け。このままでは全滅するぞ。町なかへ引きよせてから斬り込むの

だ」

その声を待っていたように、どっと、隊士は走りだした。

後に判明したのだが、官軍の先鋒はほとんど新式銃を持っていたし、こちらは古い銃で三十挺あまり。その上に凄《すご》い大砲だ。歯が立たないのも当然だった。

「くそっ、攘夷の本家が夷狄《いてき》の武器におんぶしやがって」

隊士は血まみれの顔をゆがめて、こういきまくのだが、もとよりごまめの歯軋《はぎし》りにすぎなかった。

「町なかなら、こっちのものだ。一人で五人ずつ受け持とう、そうすりゃ千人近く殺《や》れる」

そんな叫びも、虚勢でしかなかった。

武器も舶来なら、戦さぶりも洋式で、個々の斬りあいなど下手なことはしない。山から町中へ移っても大砲と小銃を雨あられと浴びせてくるのだ。切歯しながらも、退却しなければならなかった。

鳥羽口の幕軍も散々な敗《ま》けかたで、火器の優劣と官賊の差異は、物心両面で幕軍を敗走に追いこんだ。

「賊軍！　錦旗へ抗する賊を撃て」

砲声の間に聞える、その思い上った喚《わめ》きがどれだけ幕軍の士気をひるましたろうか。

すでに、徳川と薩長の対等の戦さではなかった。いつの間にか、徳川方は朝敵となり、賊になり下っている。

朝廷を抱きこみ、錦《にしき》ノ御旗《みはた》を担いだほうが、正義とされるのだ。戦さは、初めから勝敗が決っていたといってよい、宮様が総督に任じられ、錦旗が急造されている間に。

一騎当千、一刀一槍《いっとういっそう》に赤心をこめて戦おうとする者は新選組のほかにもいた。幕府の伝習《でんしゅう》隊、会津藩兵、見廻組の面々——それらの者も、火器の前には如何《いかん》ともすることが出来ず、自慢の刀をから振りさせて敗退するしかなかった。

翌四日は払暁から淀へ退いた。土方歳三は残りの兵を励まし沼地にはさまれた千本松に布陣して死守しようとしたが、副長助勤たる山崎烝《やまざきすすむ》、井上源三郎《いのうえげんざぶろう》らをはじめ伍長など中核をなす隊士数十人があるいは討死、あるいは重傷を負うや、誰からとなく藩兵らの敗走の渦に巻きこまれていった。

た。

三

会津の殿さま鰯《いわし》かしゃこか、
　鯛《たい》に追われて逃げて行く

品川弥二郎《しながわやじろう》の作と伝わる、そんなおどけた唄が上方《かみがた》から東へむかって流れて行った。

鯛は官軍を意味している。敗走したのは会津侯松平容保《まつだいらかたもり》ばかりではない。前将軍慶喜も三日間の敗戦が錦旗によるものだと知ると、にわかに東帰恭順を決意して、大坂城を脱出、軍艦開陽《かいよう》に投じた。従う者、会津、桑名の両侯、酒井板倉《さかいいたくら》の二閣老と君側数名。前将軍ともあろう者が時の流れとはいえ寂しい姿だった。

大坂へ引き揚げてこれを知った新選組も軍艦富士山丸《ふじやままる》で江戸へ――十五日未明には品川《しながわ》へ上陸した。肩の傷が悪化した近藤勇は和泉橋《いずみばし》の医学所に移されて典医頭松本良順《まつもとりょうじゅん》の治療を受ける。

他の負傷者は横浜病院に収容され、残りの隊士は大名小路《こうじ》の鳥居丹後守《とりいたんごのかみ》役宅を宿舎として提供された。

この時の隊士名簿によると近藤以下四十三名となっている。

いかに伏見の戦いで打撃を蒙《こうむ》ったかわかる。

ある日、土方が医学所を訪れて近藤と今後の方針を練っていると、佐倉《さくら》藩の留守居役依田《よだ》学海《がっかい》が見舞いに来て、

「伏見の戦争はどうでした？」

と、聞いた。

近藤は苦笑して傷をなでながら、

「私はこの通りで参加しなかったよ。この男に聞いてくれ」

土方も頬を歪《ゆが》めて、苦笑した。

「戦さなんてものじゃないですな、一方的な追い撃ちさ。これから対等の戦さをするからには、刀や槍ではものの役に立ちませんよ。鉄砲ですなあ、それから大筒。加農《カノン》砲《ほう》というやつだ、お話にならぬ」

だが、戦さは終ったのではなかった。むしろ徹底的に徳川勢力を叩き潰すために、大軍が動員されていた。東海道《とうかいどう》、東山道《とうさんどう》、北陸道にそれぞれ鎮撫《ちんぶ》総督が任命され、あらたに有《あり》栖川宮《すがわのみや》が東征大総督として東下してくる。

むろん薩長土三藩による人事進言がそのまま勅諚《ちょくじょう》となっている。西郷吉之助《さいごうきちのすけ》ら

が参謀としてその意志がそのまま大総督の意志で三月十五日には江戸城総攻撃の厳命がおりたという。

慶喜は謹慎の意を表しているが、血気の旗本をはじめ佐幕派の面々は、

「おめおめと拱手《きょうしゅ》して江戸を開け渡してよいものか」

怒濤《どとう》のごとき官軍の侵入を阻むには箱根《はこね》か小仏《こぼとけ》峠か碓氷《うすい》峠。

「小仏だな」

土方がずばりと断定的に言った。

「小仏と申すより甲府であろう、甲州《こうしゅう》は地勢嶮要《けんよう》の地なればこそ、累代天領となっている。甲府城の勤番支配佐藤駿河守《さとうするがのかみ》に通謀し、二、三千の軍勢をもって防げば、東山、東海の両道侵攻の軍をも控制《こうせい》し得る」

近藤もその意見に賛成だった。

事は急を要する。ただちに閣老に献策して具体化した。まず軍勢だ。神奈川に幕府の歩兵が二大隊駐屯している。その洋服の色合から菜葉《なっぱ》隊と呼ばれている連中で、これはフランス教練を受けて銃器も揃《そろ》っている。二大隊、およそ千六百人。

それを中核として八王子《はちおうじ》の千人同心。これは小仏峠を守る槍隊で、老若集めれば二千人以上はいるし、ほかに市中に触れて有志を集めた。

その数およそ二百。若年寄永井玄蕃頭《ながいげんばのかみ》の周旋によって隊号は甲陽鎮撫《こうようちんぶ》隊と名づけ隊長の近藤勇は若年寄格となって一万石級だ。名も大久保剛《おおくぼたけし》と仮称した。土方歳三も寄合席、旗本の大身で三千石以上の扱い。内藤隼之助《ないとうはやのすけ》と名を代えた。外隊士もすべて旗本として優遇され、小十人格。

お手許金《てもときん》から金五千両、武器は大砲二門と小銃二百挺を授けられ、意気揚々と甲州街道を踏みだしたのが三月二日。

下染谷《しもぞめや》村には土方歳三の実兄良循《りょうじゅん》が医者で信望を集めている。

その夜はここに一泊した。

翌日の昼食は日野宿《ひのじゆく》。土地の名家佐藤彦五郎《さとうひこごろう》が一行を出迎えた。

彦五郎は勇とは同門で自宅に道場を持っているし、歳三の姉を妻に娶《めと》っている。おのぶという。したがって試衛館《しえいかん》出身者を主軸とする新選組とは密接な関係がある。

多摩《たま》の郷士《ごうし》から近藤、土方の二人を出したことは尠《すくな》からぬ名誉だから、村をあげての歓迎だ。

酒宴がひらかれ、彦五郎はその席上、百余人の農兵と小荷駄を披露して近藤を驚かした。

「お噂《うわさ》を聞いて、支度を整えていたのです、不肖ながら兵糧方《ひょうろうがた》はおまかせ下さい」

「そうして頂ければ、憂いなく戦えますな、土方も喜ぶでしょう」

「土方先生はいつ到着なさるので」

「明日の午《ひる》には此処《ここ》で落ち合って出発します。神奈川の菜葉隊を引率してくれることになっている」

土方の名が出たとき、はっとしたように、緊張を頰に見せた女があった。

祝宴の手伝いに近在の女たちが来ている。娘もいるし人妻もいる。二十五、六の年増だが、このあたりにしては垢《あか》ぬけした容姿だと、江戸や京坂で女遊びも飽きるほどした近藤勇が目を惹《ひ》かれていたのである。

佐藤の妻女おのぶもそれに気づいたように、

「おもよ、近藤先生にお酌をなさいな」

と、招いた。

しゃきっとした着付や立居振舞のきびきびしたところも農婦には珍しいと、思っていたが、やはりそうではなく、喜《き》の字屋《じや》という旅籠《はたご》の女将《おかみ》だということだった。

酌をする手つきも、控え目だが馴《な》れた柔らかさがあった。

「石田《いしだ》村の生れでしてな」と彦五郎が紹介した。「儂《わし》が仲人で喜の字屋に輿入《こしい》れしたんだが、亭主が一年たらずで亡くなり、いまでは女のほそ腕で旅籠を切り盛りしていますのじゃ」

「石田というと、土方の故郷になるが」

「それでございますよ、うちとは田一枚はさんだ隣りでしたの」

おのぶが、意味ありげに笑った。

「すると筒井筒ふりわけ髪の、ということになるかな、はははは」近藤勇も愉快げに、ぐっと干した盃《さかずき》を、「ひとつ、やろう」

「有難うございます」

慎《つつ》ましく、おもよは受けた。

長州再征に失敗以来、日に日に衰亡の一途をたどってきた幕府の前衛として、一身にその敗残の苦汁を味わった近藤勇にはこの故郷《ふるさと》での歓迎ぶりはよほど嬉《うれ》しかったのだろう、ここちよく酔って、こんな冗談を言ったりした。

「この度の一挙が成功すれば、甲州百万石をわれらで領有してもよろしかろうな、私が十万石、副長が五万石、副長助勤が三万石、調役が一万石、伍長が五千石、平隊士が三千石……こうふりわければ丁度百万石におさまる、はははは、いや、戯《ざ》れ言《ごと》だ、お聞き流し下さい」

「いやいや、まことにそうあるべきですよ。皆さまが甲州をがっしり圧《おさ》えて下されば、芋ざむらいどもが何万人押しかけようと、びくとも揺らぐものではありませぬ」

「そう見くびるのは、しかし危険ですな、もとより恐るるほどではないが、やつらには精巧な武器がある。錦旗がある。官軍という美名は意外なほど強い影響力を持っている。侮っては不覚を招きましょうぞ……」

確かに、侮れぬ敵だった。一泊の予定が急に変更になって酒気も醒《さ》めぬまま一行が出発したのは、斥候に出した男からの早馬で、官軍の先鋒がすでに信州下諏訪《しんしゅうしもすわ》に到着し甲府に進出の様子、という情報をもたらしたからであった。

土方歳三が漸《ようや》く日野へ着いたのは予定より半日遅れて、翌日の夜。神奈川の菜葉隊（警備の幕士、羽織の色が萌黄《もえぎ》なのでそう呼ばれていた）をまとめるのに思わぬ時間がかかったのである。

本隊が予定を変更したことはすでに報告を受けている。佐藤邸で一休みすると、すぐ出立しようとしたが、

「もう遅いし、どうでしょう、ひと眠りして払暁に出発しては」

一番隊隊長の結城仙蔵《ゆうきせんぞう》が言った。

「眠る？」と、土方はきらりと目をあげて、

「莫迦《ばか》な！　そんなひまはない。官軍どもに甲府城に先に入られてしまえば、とりかえしがつかぬことになる」

「本隊のほうが先に入るでしょう、敵がそんなに早くくるとは思えない」

「気休めを言っている場合じゃない、君はこの大事を前にしてそんなに惰眠をむさぼりたいのか」

「私じゃない。私はいいが隊士が承知しないのだ。十里以上も十二、三里も歩きづめではありませんか」

　結城ばかりではなかった。二番隊三番隊の隊長なども集ってきて、隊士の不平を訴えた。

「疲れていては戦さもできませんよ。第一に士気が衰える」

「戦ったこともない君たちが、士気を云々《うんぬん》する資格はない。伏見では機先を制せられたために多くの同志を失ったのだ。目の前でばたばた倒されてゆく同志の姿を思って見ろ、それを君たちは、一体……」

　土方が悲憤に駈られても、結城たちには実感として胸にこないのだろうか。上司の命令で郷士あがりの土方を隊長に戴かねばならぬとなったときから、微妙な空気

が流れていたのは事実である。

土方は仕方なく折れた。二《ふ》タ刻《とき》あまりの仮眠を許可した。佐藤彦五郎は本隊と行っておのぶが万事世話をしてくれる。多人数だから旅籠だけではさばけず、近所の家から、寺社に分宿した。

土方の宿所を喜の字屋に決めたのは、おのぶの粋なはからいだったようである。

ふかい疲労でぐっすり熟睡した土方は、夢の中で故郷《ふるさと》の道を歩いていた。

四

春だった。蝶《ちょう》が飛んでいた。黄いろい蝶、白い蝶——蝶の姿を映して、浅い小川が流れている。小川には子供たちの悪戯《いたずら》だろう、菜の花が流れてゆく。

うす紫の山脈《やまなみ》も、そのむこうの富士のお山も、鎮守の社の林も、見馴れた村の風景だ。

土方歳三は若い。十七、八のようでもあり、二十七、八のようでもあった。

とにかく、若い。

若さがあふれていた。からだにも心にも、春の草木そのもののように希望が満ち満ちている。

石田村に生れた時、天保《てんぽう》六年（一八三五）。幼少で父母を失ったかれは十一歳で江戸へ出て、上野《うえの》広小路《ひろこうじ》の松坂屋《まつざかや》へ奉公した。いまの百貨店の前身で呉服屋である。風采温雅ながら、内に熱血の情を秘めた歳三が呉服屋の小僧がつとまるわけがない。間もなく飛びだして故郷へもどった。

佐藤家は代々の日野の名主で、前に述べたように姉のおのぶが嫁入りしている。で、ここに寄食することになった。勇の養父近藤周助《しゅうすけ》の門人で天然理心《てんねんりしん》流の免許を受けた彦五郎は自宅に道場を持っていたせいで、歳三も竹刀《しない》に親しむに至ったのは当然の成行であろう。

暴れ者ではなかったが、手すじはよい。後年ある人が、天然理心流の奥義は、近藤の剛と土方の柔を合わせたところに在ると喝破したが言い得て妙とすべきであろう。歳三の剣は小廻《こまわ》りが利き、その技の早さは目にとまらぬほどであったという。

歳三は夢のなかで自問自答している。

——おい、どこへ行くんだ？

——決っているじゃないか。あそこさ。

——何処《どこ》だ？　あの家だって？

——そうさ、ほら、立っている、あの娘さ、あの娘……何といったかな、あの可《か》愛《わい》い……

垣根のところで白い笑顔が揺れている。垣根のうちには、椿《つばき》の色と、桃の花が見えた。

見おぼえのある家、庭、垣根、花々——その娘の名前が、どうしても思い出せなかった。

焦々《いらいら》した。

——どうしたのだ、好きな娘の名前を忘れるなんて……

「もし……」

そっと揺すられて、歳三は目をさました。

「あ……?」

夢を見ていたのだ。我にかえった。目の前に白い面輪が浮んでいる。

夢ではない。現実なのだ。そうだ、

——おもよだった……

そのおもよが、歳三ひとりの部屋に忍んで来ているのだ。

時刻はわからないが、あたりはすっかり寝鎮まって、近くの部屋から鼾《いびき》や歯軋りが洩《も》れてくる。

ふっと、おもよは微笑《ほほえ》んだ。

「お逢いしとうございました」

囁く息も熱っぽい。

十年の歳月が、一瞬にちぢまったようであった。歳三は思わず、女の手をつかんだ。

肩を抱いた。女は胸に崩れてきた。おぼえのある肌であり、髪の匂い――

卒然として、その夜の記憶が泛《うか》びあがった。

そのころはもう隣家ではない。歳三はこの日野から石田のおもよの家に、夜陰、夜這《よば》いをかけたのだ。

おもよが十七、歳三は二十四。幼いときの仲は、思春期は奇妙によそよそしい素振りを見せるものだ。この二、三年、ほとんど口を利いたこともなかった。

村祭りで、おもよの美しく成長した姿を見て、歳三は胸のときめくのをおぼえた。

そのときも、お互い友人がいて、目礼を交したにすぎなかったのだが、

――おれを忘れてはいない……

その自信が決意させた。

そのころの歳三は覇気満々、情熱の赴くままに行動しながら、因循姑息《いんじゅんこそく》な郷民の尊敬を蒐《あつ》めていたというから、思慮に富み、才気縦横の日常だった。

はじめ、おもよは不意の闖入者《ちんにゅうしゃ》に抗《あらが》った。

処女だった。必死の抵抗は、しかし男の力で屈伏しかけると、舌を噛《か》んで自害しようとすらした。

「おもよ、そんなにこの歳三が嫌いか」

家人の目ざめをおそれて、耳朶《じだ》を噛むように反問した瞬間おもよは抵抗をやめたのである。

処女の身をひらいた。歳三のからだを受けて、羞恥の快い苦痛に耐えながら、

「なぜ、なぜ、早く……」

名前を明かさなかったのだと、それが怨《うら》めしげな女心が、歳三の胸に新鮮な情感を呼びさました。

好きだと思う気持に嘘《うそ》はなかった。妻にしたいとも思った。が、時勢はこの剣にたけ、情熱のたぎる青年剣士に無関心ではあり得なかった。

多摩の一郷士が、武士に立身する風雲が来たのだ。時代の若者として、また武士

の身分が絶対だった時代に、それを望める機会を目前にして、誰が逡巡《しゅんじゅん》しよう。熱血多感の青年が、時代の空気に敏感なのは、それが大局的に見て軽率のそしりは免れない場合があったとしても、責めるには当らない。

戦時下に、特攻隊を志願した純粋な若者を誰が責め得よう。愚かさは、愚かなだけ、至純で尊い。

そして、当時の流行病たる勤皇派ではなく、すでにゆらぎかけた大樹を支えんとする、いわば損な側に敢然と立ったことに男の面目が窺《うかが》えるのである。

勢さかんなるときは、老幼婦女もこれにつく。傾きかけた屋台骨を支えんとする崇高さは、男子なればこそといえる。

この秋《とき》に、妻帯して平穏無事な生活をもとめるなど、歳三には出来なかった。

やみ難い思慕の念のあまりの行動が、しかし、女にとってはその夜かぎりでは済まされぬことに思い当ると、歳三はふっつりと、おもよに近寄らなくなった。

すでに、しでかしたことは取りかえしがつかぬ。交情を深めることが、一層、おもよを傷つけ苦しめることだと悟ったからである。

間もなく、歳三は江戸へ出た。おもよへの情愛をふっ切るためであった。牛込《うしごめ》二十騎町《にじっきちょう》の試衛館道場に住込み、さらに腕をみがいた。近藤勇との兄弟以上の交情はこのときから始まる。

さて、十年の歳月はおもよから若さを奪ったかわりに、しっとりと沈んだ美しさを、磨き上げていた。

その﨟《ろう》たけた姿に接したとき、歳三の胸をときめかした感動は、この男の冷たいほど理性的な面しか知らぬ者には信じ難いものであろう。

この深夜、おもよが忍んで来たことを、孤閨《こけい》に悩む女の遊び心と思うほど土方は皮肉屋ではない。

だが、ふたたびおもよを抱いた瞬間に、土方の胸を掠めたのは甲州に迫りつつある官軍の鼓笛と大砲の車輪の響きだった。

「いけない」

土方は女のからだを静かに引き離した。

「戻るのだ」

「え？……土方さま、あたしの気持を……」

「わかっている」歳三は哀《かな》しげに、もどかしく、首をふった。

「そなたを嫌いではない、これは信じてくれ、ただ、私は、ただ……」

「ただ？」

「同志のことを忘れられぬ。伏見で倒れていった者たち、そして、いまごろ、或《あ》るいは官軍の大砲を喰《くら》っているかもしれぬ同志たち……私だけがそなたと昔の交情を温めてよいものだろうか？」

「でも、そんな……」

「いや、いい悪いではない、何というか、うまく言えないのだが、私の心持だけのことだが、土方歳三は新選組の土方なのだ」

おもよは口をつぐんだ。

凝《じ》っと見上げた眼に、烈《はげ》しい感情が動いて透明なしずくがにじんだ。瞳をうつろにして盛りあがった涙が、瞼《まぶた》から溢《あふ》れ出ようとしたとき、おもよはふいに袂《たもと》で顔を蔽って、逃げるように去って行った——

そのときの失望にうち凋《しお》れた女の哀しみの姿を、土方歳三が思いだしたのは、三日目の夜、甲州勝沼《かつぬま》で官軍の凄まじい砲弾を浴びてもろくも壊滅した同志たちと、夜闇を衝《つ》いて敗走にうつったときであった。

行きに比べてなんという惨めな姿になっていることか。烏合《うごう》の勢は所詮、ものの役に立たない。せっかく曳《ひ》いて行った大砲も、砲手が不馴れのため口火を切ることを忘れたので榴弾《りゅうだん》が一つも炸裂せず、敵の大砲と小銃の乱射の前に味方はおかしいほど薙《な》ぎ倒されるというふうで、一日の差で甲府城を占拠した官軍の優位は覆すべくもなかった。

笹子《ささご》峠には根雪が残っていた。夜の山であえかに光る白雪のいろが、ふっとおもよの肌を思いださせたのである。

——哀れな……

あのときの仕打ちが、いかに年増女にとって残酷だったことか。はじめて理解できたようであった。

武士の世界と女のそれは違う。女にとって男はいのちのすべてではないか。

松の根に躓《つまず》きながら、短槍を杖《つえ》にして走る土方の眼は、行く手の闇におもよの姿態を描いていた。

五

敗走途次、日野宿に立ち寄った土方歳三は喜の字屋で三日間を過している。

八王子まで引揚げてきて、千人同心らと談合し、敗残の兵をまとめて、いま一戦をこころみようと近藤勇らは力説したが、打撃が大きく、士気は全くふるわなかった。

遂《つい》に抗戦をあきらめ、各々自由行動で解散した。が、志ある者は、五日の後に、本所二ツ目《ほんじよふため》の大久保主善正《おおくぼしゆぜんのしよう》の屋敷に会合することにした。

会津藩に投じて戦おうとする者が尠《すくな》くなかった。土方もまたその例に洩れない。

三日間——喜の字屋に泊った土方が、おもよとただれるばかりの時を過したのは言うまでもない。

「許せ、私は目がさめた思いだ……」

十年ぶりに肌を合わせて、歓喜のなかで、土方は口走った。

「そなたの気持をふみにじって、まことの武士とうぬぼれていたのが恥ずかしい」

「いいえ、あなたさまは、御立派ですわ、三千石のお旗本ですもの、将軍さまのために尽くすのが先ですわ」

「それが……間違っていたようだ。私ごとき者が、じたばたしたところで、もはや官軍の江戸入りを防ぐことも出来ぬ。せめては、そなたとこうして、この時間を生きることが」

「嬉しい！」

おもよは、火のようになった。

肌はゆたかに、熟《う》れていた。二十七という年齢相応に膏《あぶら》の乗ったからだが情火に狂うさまは、圧倒的に土方を恍惚《こうこつ》の世界に誘った。

夫との交媾《こうこう》の時も、長い間ではなかったし、若妻の羞《は》じらいと、感激はおどろくばかり新鮮であった。

極端な言い方をすれば、敗走してきた最初の夜から、三夜のうちに、並の女が十年間に徐々に闌《た》けてゆく性の美酒の味を、知った。

ほとんど、初夜に近い最初の夜の昂奮《こうふん》は、二度目には倍加し三度目はさらに倍加した。

この急速な歓喜の反応は、土方をして、屡々《しばしば》、切迫した立場をすら忘れさせた。

裸身をからみあわせ、官能のこころよい疼《うず》きに酔っているあいだ、激動の時勢も、奔走する濁流も、念頭にはなく、

――これでいいのだ、これが真の人間のすがたなのだ……

と、その時間に甘んじ、浸り切ろうとした。

洛中洛外に、泣く子も黙ると恐れられた新選組の副長として暴威をふるった日夜に、肌を慰めた女は二、三にとどまらない。

が、それらの女は、いずれも金で買ったものだし、情をもとめようとも思わず、

またもとめられるものでもなかった。

おもよの深い瞳には、十年の星霜の経過を感じさせない思慕があった。

それは、一介の青年郷士にすぎないかれを愛した女の瞳であり、真心であった。

寄合席たる大身の旗本という身分とは何ら関係のない、一人の男への情愛なのだ。

その女の肌に溺れるのに、何の躊躇《ちゅうちょ》があろう、何の悔いがあろう。

だが、流れというものは個々の男女の意志や感情に一顧も与えず、非情な渦に巻きこみ押流してゆくものだ。

官軍の先鋒が八王子に入ったと聞いては歳三は日野に便々と留《とど》まってはいられない。

「おもよ。私は江戸へ行く」

やはり――と、おもよの瞳は、あの夜の失望の涙を早くもにじませるのだった。

「だが、必ず帰ってくる。安心せい。武士としてどこまで一分《いちぶん》を立てることができるか、徳川の直参《じきさん》たる土方歳三のこれがつとめだと思って、切火《きりび》して送り出してくれい」

それからの土方歳三の転戦は、徳川家の崩壊する音とともに一路北へとのびていった。

官軍が征東を呼称するように、関東から奥羽《おうう》へと敗走する賊軍の姿は、そのむかしの東夷《あずまえびす》のそれと軌を一にしていた。

周知のように近藤勇が下総流山《しもうさながれやま》で捕われるや、土方歳三は会津、桑名の有志と市川《いちかわ》駅で大鳥圭介《おおとりけいすけ》を長とする旧幕府の隊に投じた。

江戸上野に立てこもった彰義《しょうぎ》隊以外の旗本伝習隊、桑名やその他の脱走兵など、およそ二千人の兵だけに、幕士として最強の兵と見てよい。

北関東の官軍を諸々に破り、結城《ゆうき》、小山《おやま》を略して宇都宮《うつのみや》城を占領したのもつかの間、官軍の逆襲で敗退して会津に逃れた。

会津では土方は二百人の長となり、新選組の生き残りとともに、奮戦したが、鶴《つる》ケ城《がじょう》が完全包囲されるに及び、逃れて榎本釜次郎《えのもとかまじろう》の率いる旧幕府の軍艦に投じ、蝦《え》夷《ぞ》に航走するに至った。

土方の隊と大鳥圭介の隊は呼応して五稜郭《ごりょうかく》を占領し、箱館《はこだて》、松前《まつまえ》の官軍を駆逐一掃して、蝦夷地一帯を完全に掌握してしまった。

その年が明け、明治二年（一八六九）の正月。蝦夷を開拓して新国家を建設することになり、榎本が総裁に推されるや、海軍奉行に荒井郁之助《あらいいくのすけ》、陸軍奉行に大鳥圭介、そして陸軍奉行並《なみ》に土方歳三も補せられた。

他の人々が家系正しい武家の出身に比べて一介の郷士にしてここまで昇った土方の立身は賞せられるべきだろう。

著聞の宮古《みやこ》湾の海戦には、土方は旗艦回天丸《かいてんまる》に搭乗して活躍したが、左腕に負傷しただけで助かった。

新選組の生き残りは、十七名といわれる。横倉甚五郎《よこくらじんごろう》、相馬主殿《そうまとのも》、斎藤一《さいとうはじめ》、久米部正親、中島登《なかじまのぼり》、安富才輔《やすとみさいすけ》、中山五郎、島田魁、などである。

五月に入ると官軍は、

「今月中に賊軍一名たりと余さず討て」

厳命を受けて、猛襲を開始した。

江戸上野の戦いからすでに一年を過ぎて、東京と改称された首都は着々として新政府の基礎が出来つつあるのに、蝦夷平定ならずとあっては、人心の不信をさらに煽《あお》るおそれがあったからであろう。五月十日。官軍の動きでは明日あたり総攻撃をかけてくる気配が見える、と五稜郭では邀撃《ようげき》の準備を整えたが、その夜、土方はいつになく、しんみりした口調で、島田魁に話しかけた。

「いつか君に言おうと思っていたのだが、去年の伏見の戦いのとき、池田小三郎のところに女が逢いに来たことがあったな」

「おぼえていますよ。追い帰してしまった、あれでしょう」

「そうだ」

「池田はあの日、討死しましたなあ……」島田の語気には、非難するようなひびきがあった。土方はそれを甘受した。

「そうだ。だが、私は私の処置が正しかったと信じていた」

「…………」

「あれは、しかし、誤りだったよ。地下の池田に詫《わ》びたい気持でいっぱいだ。悪いことをした。今ごろになって、と、君は言いたいだろう」

「しかし、いまさら、怨みを言ってもはじまりませんよ。ただ冷酷なひとだと思ったのは事実です」

「私の間違いは、女に逢えば士気がおとろえると思ったことだ。開戦寸前だけに許せなかった。だが、考えてみれば、情婦《いろ》にあって気がくじけるようなやつは、いてもいなくても同じだからな……逢わせてやるべきだった」

「そうですか、土方先生が、そう仰有《おつしや》って下されば、もう池田も地下で納得していることでしょう。実をいうと」

と、島田は巨軀《きよく》をゆすって、闊達《かったつ》な笑い声をあげた。

「私も、何やら胸のつかえがおりたような気持です。私も女に逢いたいなあ」

「来ているのか」

「いや、どこかに、そんな女が居ないかというだけです。ははは、池田の代りに、私が死ねばよかったのに。こんなやつに限って弾丸がよけて通るものとみえます」

「お互いにな……」

土方も笑った。が、妙にうつろな声だった。

その夜明け、土方は死んだ。

払暁を期して一斉に砲撃して来た怒濤のような官軍に抗して土方は陣場を死守し、兵士を督励して、自らも小銃を執《と》って応戦したが、前面に出すぎたために、集中砲火を浴び、銃弾は腹と胸に貫通してもんどり打って転落した。

十字砲火のなかで、応急手当がほどこされたが、出血が甚しく、大鳥圭介と荒井郁之助が駈けつけたときには、すでに死期が迫っていた。

土方は二人の手を握って、

と、言った。

「私がこんなことを言うのはおかしいが、負けるとわかった戦さは、せぬことだ、つまらんよ、死ぬのは……生きることだ、生きて、生きて……」

それきり、ぜいぜいと咽喉《のど》を鳴らして、苦しげに喘《あえ》いだ。喘ぎがとまったとき、土方歳三は死んだ。

生きて……語尾は何であったろうか。かすれた視線はおもよを硝煙の中に描いていたのではなかろうか。

その数日後、さしもの頑強な抵抗をした五稜郭も遂に降伏の旗をかかげ、榎本はじめ大鳥、荒井の諸将以下生き残り賊軍は全員降伏した。

島田魁の手で土方の遺髪が甲州街道日野宿のおもよに届けられたのは、翌春のことである。

おもよの晩年は不明だ。女手一つで諸政御一新の難しい世の中に旅籠を支えてゆくのは大変だろうからと、聟《むこ》をとる話を奨《すす》められることも度々だったが、いつも頭《かぶり》を振って、後家を通した。やがて文明開化の波が甲州街道にも押寄せて、中央線が通るようになり、日野は宿場としての機能が衰えて、旅籠がさびれてゆくと、喜の字屋を売って、おもよは土地を離れた。

東京へ出たのか、五稜郭に土方の面影をもとめて行ったのかその後の消息は誰も知らない。

歳三の瞼《まぶた》

羽山信樹

羽山《はやま》　信樹《のぶき》（一九四四〜一九九七）
昭和十九年、東京に生まれる。武蔵工大卒。海外放浪を経て、創作活動に入った。昭和五十八年、文庫版小説誌「月刊小説王」（角川書店）『流され者』で作家デビューする。『幕末刺客列伝』を刊行、以後『滅びの将――信長に敗れた男たち』から始まる〝信長三部作〟など、優れた作品を書き続けたが、発表当時、正当な評価を受けたとはいいづらい。ようやく一般の注目を集めるようになったのは『邪《あ》しき者』からであろう。さらなる飛翔が期待されたが、平成九年六月十日、肝臓癌で死去。享年五十二歳であった。
「歳三の瞼」は「野性時代」（昭60・6）掲載、『幕末刺客列伝』（角川書店　昭60刊）に収録された。

1

日照雨《そばえ》が静かに降っておりました。

キラキラと、まるで光のかけらが舞い落ちているようでございました。

桜の花が美しゅうございました。

庭の真中の、遅咲きの山桜でございます。

雨が降っているのに空がまっ青で、桜の花びらがその色を映し、白く、いや、いっそ蒼白《あおじろ》く見えたのをはっきりと覚えております。

日照雨と共に舞うその花びらは、淡い春の雪のようにも感じられました。

そっと掌《て》を伸ばし、その花びらを受けとめようとした自分の姿を、私はつい昨日のことのように想《おも》い出すのでございます。

その透き徹《とお》るような淡い、はかない花びらは、やはり雪の化身だったのでございましょう。

掌にとると、私のてのひらには、ぽつんとひとつ小さな水滴が残りました。花は、雪だったのでございます。

水滴はてのひらの中で、やはり空の色を映しておりました。

私はそのひっそりとした青色を、いつまでもぼんやりと眺めていたものでございます。

申し遅れました。

私は今田権助《いまだごんすけ》、今年七十四歳になります。明治の天皇様が崩御《ほうぎょ》あそばされまして早や七年、本年は大正七 戊 午年《つちのえうま》、一口に光陰矢の如《ごと》しと申しますが、まことにその感ひとしおでございます。

その年、つまり慶応《けいおう》が明治と変りました年の四月、私はまだ二十三歳の若者でございました。

前年、慶応三丁卯年《ひのとう》、土方歳三《ひじかたとしぞう》先生が江戸へ隊士募集にみえられました折、私は市ケ谷《いちがや》御門に近い牛込廿騎町《うしごめにじつきちょう》の先生の御滞在先を訪ね、新選組の隊士の末席に加えてくださるよう願い出たのでございます。

私はそれまで、麻布一本松町《あざぶいっぽんまつちょう》の戸崎弥三郎《とざきやさぶろう》先生の一刀流道場に内弟子として住み込んでおりました。腕は、目録でございます。戸崎先生と、土方先生の天然理心《てんねんりしん》流《りゅう》の師であり、新選組局長近藤勇《こんどういさみ》先生のご養父でもあられる近藤周斎《しゅうさい》先生がご昵懇《じっこん》であったため、私の入隊は比較的簡単に聴き届けられました。

襖《ふすま》を開け、私の前に初めて現われた土方先生は、黒紋付に仙台平《せんだいひら》の袴《はかま》をはき、髪を総髪に束ねていらっしゃいました。

泣く子も黙る天下の新選組の副長というお立場におられながら、穏やかな、一見女性的な感じがするほどの静かな雰囲気をもっておられることに、私は驚きました。美しい、役者絵から抜け出たような、いや、当時評判の成田屋《なりたや》（九代市川団十郎《いちかわだんじゅうろう》）も顔色《がんしょく》無しの、それは整った目鼻立ちのお方でございました。

お顔ばかりかそのお声も、低音ながら韻《いん》の深い、よく徹る響きをしておられました。長い剣のご修行、そしてくぐり抜けてこられた幾多の修羅場が、つくり上げたお声なのかもしれません。

「いや、ご苦労です。私が土方歳三です」

そうおっしゃられ、にっこりと微笑《ほほえ》まれたそのお顔を、私は忘れることができません。その時私は、このお方のために一命を捧《ささ》げよう、そう心に誓ったのでございます。なぜ唐突にそう思ったか、それは今でもうまく言い表わすことができません。ただ、あえて申しますならば、私はその時、先生のお顔の中に、ある一抹の哀《かな》しさのようなものをみたような気がするのです。その不可思議な哀しさが私にそう決心をさせた、なぜかそんなふうに思えてならないのでございます。

京の醒ケ井《さめがい》の新選組屯営に着いたのも束《つか》の間《ま》、翌《あく》る年の一月には伏見鳥羽《ふしみとば》で戦《いくさ》が始まり、私は土方先生につき伏見奉行所の対薩軍《さつぐん》戦に加わりました。

惨たる有様でございました。生き残ったのが不思議なほどの負け戦で、先に墨染《すみぞめ》で負傷された近藤先生と共に、たった四十名たらずになってしまいました新選組は、幕府軍鑑富士山丸《ふじやままる》にて江戸へ戻ったのでございます。

休む間も無く、甲陽鎮撫《こうようちんぶ》隊と名を変えての甲州勝沼《こうしゅうかつぬま》の戦、そしてまたしても惨敗。原田左之助《はらださのすけ》、斎藤一《さいとうはじめ》、永倉新八《ながくらしんぱち》といった大幹部の方々がことごとく近藤先生と衝突、袂《たもと》を分ったのは、その敗戦後再び江戸へ還《かえ》ってからのことでございます。

土方先生は、無言で近藤先生に従われました。私と同じ平隊士たちは、ここでほとんど四散してしまいましたが、私は当然、土方先生のおそば近くを離れませんでした。

下総流山《しもうさながれやま》の造り酒屋長岡屋《ながおかや》に本陣をおき、再起を期して募兵を始めたのは、三月も半ば過ぎのことだったと記憶しております。

そして忘れもしない四月二日夜半、不意の銃声に、叩《たた》き起こされたのでございます。

銃声はじきに熄《や》み、やがて夜が明けてみると、本陣は官軍の兵に取り巻かれておりました。

本陣長岡屋の前方は、一面の田が展《ひろ》がり、田の向う一町ほどに松や樫《かし》、椎《しい》の茂ったこんもりとした台地が望めます。そして本陣の背後は、街道沿いの集落越しに江《え》戸川《どがわ》の流れとなり、右後方半町ほどにひときわ高々と一本の大銀杏《おおいちょう》がそびえ立っているのが見えます。樹齢数百年といわれる、常与寺《じょうよじ》境内のものでございます。前方の台地にも、その大銀杏のかたわらにも、沢山の兵の姿がございました。

近藤先生と土方先生の間でどのようなご相談がもたれたのか、それは私には知るよしもありません。ただ夜通し話し合われたのでございましょう。翌三日朝まだき、わが方の三名の者が白刃をくるくると頭上で振り回し、錦《にしき》の御旗《みはた》の翻る台地へと向かいました。白刃を頭上で振り回すのは、この頃の軍使の作法でございます。

三名の者が戻った時、私は、近藤先生が和議を申し込まれたことを初めて知りました。敵方は、武器の放出を条件に夕刻までの猶予を認めたとのことでございました。

近藤先生と土方先生が人払いをされ、敷地内にある三つの酒倉の中で一番大きな一の倉に籠られましたのは、それからほどなくでございます。少時のち、近藤先生付きの者が呼ばれ、撃剣の胴や面鉄《めんがね》が運び込まれました。

その後、一の倉からは、時折凄《すさま》じい気合いが洩《も》れ聴こえるだけで、お二人はいつまで経《た》ってもお姿を現わそうとはしなかったのでございます。

2

「とおーっ」

歳三は跳び込みざま、上段から面を撃ちかけ、一瞬の隙をつき烈《はげ》しく小手《こて》を襲った。

「まだまだ、浅いっ」

間髪を入れず、勇が叫んだ。

「だあーっ」

歳三は、さらに跳び込み小手に竹刀《しない》を一閃《いっせん》させた。

その歳三が小手に出るのと、勇の体がさっと沈み、竹刀が水平に疾《はし》るのはまったく同時だった。

ビシーッ。

勇の小手と、歳三の胴が、烈しく鳴った。

両者はその音にはじかれたように、大きく左右に跳びしさった。

両者の間には、三間《けん》の空間が生まれた。

上方の明り採りの窓から、細長い矩形《くけい》の陽《ひ》が射《さ》し込み、二人の姿と、その間に拡《ひろ》がる黒土の土間を照らしていた。勇の右手、歳三の左手に、巨大な酒樽《さかだる》の下部が見えた。はめられた箍《たが》の編み目に、陽がとまり、濡《ぬ》れた色の光を放っていた。

二人は間合を詰めようとせず、そのまま睨《にら》み合った。

共に、青眼《せいがん》であった。

足の配りも、腰の備えも、まったくよく似た構えをしていた。

怖《おそ》るべき練達の剣であることは、一目で分った。が、流麗、洗練といったものとはほど遠かった。

武骨な、戦国の昔にみるような、肉を斬らせて骨を截《た》つ、いかつい荒削りな剣であった。

やがて、対峙《たいじ》する両者の体から、どちらからともなく殺気が消えていった。

二人は計ったように、静かに剣尖《けんさき》を下げた。

「……少し休むか、歳《とし》さん」

「ええ」

二人の呼吸が、堰《せき》を切ったように初めて乱れた。二人は荒い息を吐き、面鉄をとった。なんと一刻《いっとき》（二時間）あまりも、ぶっ通しで竹刀を交わしていたのであった。

二人は、崩れるように、酒樽の下部の陽だまりに坐《すわ》り込んだ。

二人とも、しばらくぐったりと体を弛緩《しかん》させ、放心したように肩で息をついた。

それが収まると、二人ともよく似た動作で、着物の袂で顔の汗を拭った。風の通らぬ酒倉の中だということもあってか、拭っても拭っても新たな汗が吹き出した。

「……五年ぶりですね」

ポツンと、歳三が言った。

「……五年、か」

勇は拭く手をとめ、ぼんやりとした視線を宙に漂わせた。

歳三の言う通り、二人が竹刀を合わせるのは五年ぶりのことだった。五年前、文《ぶん》久《きゅう》三年（一八六三）三月、大志を胸に京へ上ってから、東奔西走の日々の連続で、揃《そろ》って道場稽古をする余裕など一度たりとも無かった。

『このままではお互い、刀の柄《つか》に掌《て》を触れることになる。この際竹刀で結着を着けよう』

そう言い出したのは、歳三だった。今朝ほど、この酒倉に籠り、一刻ほどしてである。

『勝負は、一本。勝った方に従う。どうです、近藤さん』

昨夜、不意の夜襲が一段落してから、勇と歳三は夜を徹して今後の方針について議論した。

互いの考えはまっ二つに分れた。勇は、投降を主張し、歳三は、徹底抗戦、流山へ来た当初の予定通り断乎《だんこ》会津《あいづ》まで行くと言い張った。

議論は平行線のまま、歩み寄る気配が無かった。とりあえず和議を申し入れ、相手方の条件を諾《き》くというかたちにして、時間稼ぎをすることにし、倉に籠ったのであった。

「長いようで、ほんの一瞬だったような気もしますね」

「ほんとに……」

歳三の言葉に、勇は短く応えた。

歳三は、また何か言いたげに、顔を勇に向けた。

勇は正面を向いていた。上方からの斜めの陽に、その右顔面が浮き立って見えた。

陽のかげんなのか、不精髭《ぶしょうひげ》の浮いた顔には、深い幾条もの皺《しわ》が、無残な傷痕のような陰翳《いんえい》をみせて刻まれていた。ほつれた鬢《びん》に、白いものが目立った。まるで老人の顔だった。

歳三は、胸を衝《つ》かれたように、その横顔をみつめた。

そして、瞼《まぶた》を瞑《と》じた。

「おう、歳、来たか！」

その顔が瞼に浮かんだ。

〈あれは何年前のことだったのだろう……〉

歳三は、記憶を追った。

〈たしか甲子《きのえね》の年だから、四年前か。つい昨日のようにも、十年も昔のことのようにも感じられる……〉

二手に分れた一隊を率い、木屋町三条上ル《きやまちさんじょうあが》の『丹虎《たんとら》』を急襲した歳三が、急遽《きゅうきょ》池田屋《いけだや》の勇のもとへ馳《は》せつけた時、屋内外ではすでに烈しい戦闘が始まっていた。

歳三は抜刀を振りかざし、勇の援護をすべく狭い階段を一気に駆け上った。

勇は、階段突き当りの廊下で、ちょうど一人を斬り下げたところだった。

歳三が声をかけると、勇はふり向き、顎の張った特徴的な大口を開け、にっこりと笑いかけた。

「どうだ、歳、見てくれ！」

返り血を浴び、筋金入りの鉢巻から脚絆《きやはん》、草鞋《わらじ》にいたるまで全身を朱に染めた勇は、まるで悪戯《いたずら》に没頭する悪餓鬼のようなキラキラと輝く目をし、歳三に向かい、手の抜刀を突き出した。

「さすが虎徹《こてつ》だ。刃こぼれひとつしない。たまらん斬れ味だぞ！」

敵味方入り乱れての凄じい修羅場のまっただ中にいるというのに、勇は少しも動じた気配が無かった。自慢の宝物をみせびらかす悪童だった。

「近藤さん！　今はそれより……！」

日頃は沈着な歳三の方が、よほど昂奮《こうふん》していた。たしなめる声が、上ずっていた。

「焦るなよ、歳」

勇はもう一度、にっと白い歯をみせた。

「俺たちにとっちゃ、一世一代の晴れの舞台だ。ドタバタするなぁ禁物だ。待てば海路の日和《ひより》あり……、そうれ」

二人の姿をみとめ、敵の一人が走り寄ってきた。

その者は、歳三に向かい、バッと身構えた。

相当の遣《つか》い手《て》であることは、その隙ない構えをみれば瞭然だった。

と、勇は、小さく歳三を制し、ツッと進み出た。

勇はゆっくりと、青眼に構えを執《と》った。

相手は八双《はっそう》の剣を右わきに引き寄せ、思わずあとじさった。

歳三は、目を瞠《みは》った。

勇の五体からは、かつて歳三がみたこともない凜然《りんぜん》たる精悍《せいかん》の気と、圧倒的な自信が噴き出していた。だんだら染めの袖印《そでじるし》の羽織が、急に二倍にも大きくなったように見えた。

勇がツッと踏み出すと、男は等分だけあとじさった。

二度、三度、勇はまっすぐに摺《す》り足《あし》を進めた。

と、急に、ずかずかと大股に歩き始めた。

男ははじかれたように跳びしさり、足並みを乱して後退した。

男の背が、突き当りの壁にぶち当たった。

「ひいっ」

男の口から、初めて声が洩れた。

その声を合図のように、勇の剣尖が青眼から上段へと静かに擦《す》り上がっていった。

「だあーっ」

周囲を揺《ゆる》がす裂帛《れっぱく》の気合がほとばしったのは、次の瞬間だった。

男の背がずんと伸び、かわって勇の体が小さく縮こまった。

凝視する歳三の目に、男の体が不意に横広に拡がったように見えた。

が、それは瞬時のことで、その姿はすぐに噴き上がった鮮やかな赤色の中に掻《か》き消えた。

男を右袈裟《みぎけさ》に両断した勇は、しばらく抜刀を下段に鎮めた恰好《かっこう》で凝《じ》っとしていた。

やがて歳三にふり返ると、また白い歯をみせた。

「な、歳、よく斬れるだろう」

〈あの時の近藤さんは、いったいどこへ行ってしまったのだろう〉

瞼の中に、潑剌《はつらつ》とした勇の像が、次から次と湧き上がった。

幕府老中水野和泉守《みずのいずみのかみ》、稲葉長門守《いなばながとのかみ》からの『与力上席《よりき》』に抜擢《ばってき》するとの申し渡しを、笑って一蹴したのはいつのことだったか。七月に入ってからだろうか。

『俺は新選組隊長で充分だ。なあ、歳よ』

そう言い、大口をほころばす勇の顔が、鮮明に浮かんだ。

〈あの頃の近藤さんは、いつもまばゆく、まるで光の中を歩んでいるようだった……〉

歳三は、ふと瞼を開いた。その端正な顔に、うっすらと微笑が滲《にじ》んだ。

「近藤さん……」

歳三は、横の勇を見た。

「あれ覚えていますか、屯営を壬生《みぶ》から西本願寺《にしほんがんじ》の太鼓番屋《たいこばんや》へ移した直後……」

——その夕、勇と歳三は珍しく二人で連れ立って、本願寺の塀際を南へ下っていた。南側の備えの状態を確かめておこうと、歳三が勇を誘ったのだ。

不意に塀際から、北小路《きたこうじ》へと疾《はし》り込む二、三の人影を認めたのは、歩き出してすぐだった。

勇と歳三は、同時に地を蹴った。

逃げ遅れた最初の一人を斬り下げたのは、勇だった。歳三は、その前を疾る男の背を、追いつきざま、抜き撃ちに払った。

どうやら男たちは三人のようだった。残る一人の逃げ足は、すばらしく迅《はや》かった。

勇と歳三は抜刀をふりかざし、必死に追いかけた。

一町近くも疾ったか、突然男は足をとめた。道の中央に仁王立ちになり、二人の方へと向き直った。

勇は素早く男の背後へと回り込み、歳三は前面二間の距離で身構えた。

男は、刀を抜くそぶりもみせなかった。

小男だった。

肩で大きく息を吐《つ》きながら、オドオドと怯《おび》えた目を、勇、歳三、交互に投げた。

「どうした、抜けっ」

青眼に構えを執ったまま歳三が促すと、

「俺……俺は、長州《ちようしゆう》の伊藤俊輔《いとうしゆんすけ》という者だ」

男は、慄《ふる》える声でそう名乗った。

今まさに斬られんとする者が、間際に自らを明らかにすることは珍しい。それで勇、歳三とも、一瞬殺気をはずされ、思わず男の顔を覗《のぞ》き見た。

志士と呼ぶにはあまりに貧相な、土をつけたままの山芋のような、薄汚れたゴツゴツした顔をしていた。小肥《こぶと》りの体全体に、どこか不思議な愛敬《あいきよう》があった。

「俺はゆえあって倫敦《ロンドン》に留学し、帰ってきたばかりの身だ。だから殺す前にちょっと聴いてくれ」

男は開き直ったものか、もう悚えてはいなかった。勇と歳三の剣尖《けんさき》は、知らずに下がっていた。

「わが国は今、倒幕だ、はたまた公武合体だのと騒がしいが、そしてあんたたち佐幕派もわれわれも、尊王攘夷《そんのうじょうい》という一点では一緒だが、じつは攘夷なんて井の中の蛙《かわず》のたわごと、とても無理な話だぞ。上海《シャンハイ》、倫敦と外国を見てみて、つくづくそのことが分った。外国はとてつもなく広く、大きいぞ」

男は両腕を精一杯広げてみせた。逃げるはずみにでも出来たのか、袖付けの部分が八口《やつくち》のように大きく破れていた。

「日本は今、日本人同士で争っている時じゃない。一致団結し国の備えを固め、神州ノ民ハ人ノ人ニテ戎狄《じゅうてき》ノ民ハ人ノ禽獣《きんじゅう》トモイウベシなんていう馬鹿な思想にとらわれず、公平な目で外国を見、冷静に対処しなくちゃいけない。あんたたちも有為の人材だ。どうだ、その人斬り庖丁《ぼうちょう》を捨てて、われわれと一緒に新たな建国のために働かんか」

「たわけっ」

歳三は一喝し、切先《きつさき》を立てた。新選組に向かい、しかも天下の近藤勇と土方歳三に向かい、ぬけぬけとオルグ活動に出る男などみたこともなかった。

「ひえっ」

男は叫び、また一間ほども跳びのいた。

「まああ」

勇は薄笑いを浮かべ、歳三を制した。

「いや、なかなかのご高説、いたみいった。われわれももう少し勉強することにしよう。ご教授代に、命を差し上げげよう。どうぞお引きとり下さい」

「ひへ？」

男は世にも奇妙な声を出し、金壺眼《かなつぼまなこ》を二人に向けた。小さな体が、不意にまたワナワナと慄え出した。

「どうしたのです、さ、どうぞ」

「き、斬る気だろ、斬る気だなっ、逃げる時、後ろからバッサリと！」

男は、つい今の開き直りがまるで噓《うそ》のように、まっ白い顔をして歯を鳴らした。

「はは、武士に二言はありませんよ」

勇は笑い、悠然と刀を鞘《さや》に納めた。

「うわっ」

その瞬間、男は転げるように身を翻した。いや、実際、三間ほど先で足をもつれさせ、頭から地に転げた。起き上がるや、何事か喚《わめ》き、脱兎《だっと》のごとくに疾り出した。その黒い小さな体は、あっという間に消えてしまった。

勇と歳三は、顔を見合わせた。

どちらからともなく、笑いが生まれた。

「ふ、ふ、ふ」

「ふ、ふ、ふ」

——勇と歳三は、その時の男の姿を想い出し、酒樽に背をあずけ、低く笑い合った。どことなく滑稽で、それでいて妙に印象深い男だった。

「あの頃は……よかったですね」

歳三は、声に出してそう言った。

「ああ、楽しかった……」

笑いが収まると、勇の顔はまた深い皺に刻まれた。鬢の白髪が、陽に銀色の光を放ち、ゆるやかに元結《もっとい》へと流れていた。陽のせいか、黒髪よりずっと多く見えた。

と、その時、酒倉の外から、にわかに物音が聴こえた。人声に、車の軋《きし》み音が混じった。

「ああ、出てゆくか。ついに丸裸だな、歳」

勇は目を瞑《と》じ、吐く息と共にそう呟《つぶや》いた。

3

大砲三門と、新式のミュンヘルの小銃百十八挺《ちょう》でございました。

それが長岡屋に籠ったわれわれの、武器のすべてでございました。

皆、涙ながらに引かれてゆく荷をみつめました。

近藤先生と土方先生は、倉からお姿をおみせにはなりませんでした。その心中をお察し申し、新たなる涙が溢《あふ》れるのを怺《こら》えることができなかったものでございます。

日照雨《そばえ》は熄《や》み、のどかな春の陽が降り注いでおりました。

水を張った田が白く光り、左方には筑波《つくば》の山並みがくっきりと見えました。

見上げると、やはり桜でございました。

涙をはらんだ目いっぱいに淡い無数の花弁が拡がり、それは陽の光に混じり、キラキラと幾重にも光の線を放っておりました。

桜は、光そのもののようでございました。

時折立つ風が、枝からその光を解き放つのでございます。

光は輝きながら、ゆっくりと時をかけ、ひらり、またひらり、宙空に大きくくの字を描き、見上げる私のもとへと舞い落ちるのでございました。

荷の列が去ると、また静けさが戻りました。

はるか上空で、雲雀《ひばり》のさえずりがしておりました。二羽か、三羽か、恋する者同士なのでございましょうか、低く、ときに高く、絶え間なく、せき込むように唄い続けておりました。

聴きようによってはその声は、妙に物悲しくも聴こえました。

いえ私には、雲雀の声ばかりか、抜けるような碧《あお》い空も、遠い山並みも、田も、丘も、光と化した桜の花も、すべてが虚《むな》しく、すべてが悲しく思われてならないのでございました。

私は降り注ぐ光の中に佇《たたず》み、いつまでもひとつのことを考えておりました。

どうして土方先生のもとを離れられないのだろう――。

そのことでございます。

離別の時は、いくらもありました。

伏見の戦に敗れ、隊が瓦解した時でも、江戸へ戻った時でも、甲州勝沼の戦の最中《さなか》でも、流山へ向かう前でも、その途次でも、機会はいくらでもあったのでございます。

ですが私は、先生のおそば近くから離れることができなかったのでございます。怖ろしかったわけではございません。

たしかに土方先生は、隊では鬼の副長と呼ばれ、それは厳しいお方でございました。いつも口唇《くちびる》を堅く結ばれ、笑顔をみせられることなどめったにありませんでした。

ただ、時に、

「権兵衛《ごんべえ》」

そう私のことを呼ばれるのでございます。

もちろん私の名が権助であることは承知の上でございます。私は、先生がそう戯れにお声をかけてくださる時が、何よりも嬉《うれ》しゅうございました。

4

「もう散らしてくれ、歳《とし》」

勇がそう呟いたのは、徹宵の明け方、うっすらと東の空が明るみはじめた時刻だった。時折思い出したように鳴っていた銃声も、今はもう聴こえなかった。

「伏見の戦に敗れた時、すでに俺たちの命運は尽きていたのかもしれん。なあ歳、時代は確実に動いている。もはや俺たちの力ではどうしようもない。かくなる上は、いさぎよく散る、それが武士に残された最後の道というものだろう」

「……武士なんかクソ喰《くら》えだ」

歳三は、吐き棄《す》てるように言った。勇は愕《おどろ》いて歳三を見た。

「近藤さん、俺たちは時代のために生きているんじゃない。まして武士の名のためでもない」

歳三の口調は強かった。珍しく昂《たか》ぶりの色が、顔に浮いていた。

「美だ、己《おの》れの裡《うち》なる美ですよ」

「美……」

「私はね、男というものは、常に己れの裡なる美を求め、その美のために生き、その美のために死ぬものだと考えている。——違いますか」

歳三は深い色の目を勇に当てた。勇は少時、無言でその視線を受けとめた。

「……なるほど、美か。いかにも歳らしい」

勇は、微笑みを浮かべると、ひとつうなずいた。

「たしかにその通りかもしれん。では歳、お前にとってその裡なる美とは何だ。いや、俺から言おう。俺にとって美とは、武士だ。武士とは、道だ。大義名分だ。お前の言う通りいかにも美に殉ずるが男の道だろう。だから、散らしてくれ、と言うのだ」

「いや、近藤さん、それは違う」

歳三は、きっぱりと言った。

「男にとって美とは、闘いだ。それ以外にない。俺たちが武士になったのは、闘うためなのだ。そうじゃないか、近藤さん。よく考えてくれ。さる年、共にそのことを語らって中仙道《なかせんどう》を上った時のことを想い出してくれ。俺たちは、名利を求めたわけじゃない。立身出世を夢見たわけでもない。今ではたしかに近藤さんは若年寄格、俺は寄合席格という、信じられない身分に昇っちまったが、それとて俺たちが好んで求めたわけではない。俺たちがそれを諾《う》けたのは、その方がより闘い易《やす》いとみたからではないか。そうだろう、近藤さん。俺たちは闘うために生きてきたのだろう。闘いを美だと信じたからこそ、今日《きょう》まで生きてこれたのだろう」

勇は言葉無く、行灯《あんどん》の灯《あか》りに浮き立った歳三の顔をみつめた。

静寂が拡がった。

つい何刻か前の夜襲の叫騒が嘘のような静けさだった。行灯の灯芯の燃えるかすかな音の他、何の音も無かった。

「……そうだなあ、たしかに歳の言う通りだ」

やがて、ひとつ深い溜息《ためいき》を吐《つ》くと、勇は低い声を出した。

「俺は、……疲れちまったのかもしれない。俺には、……美のかたちというものが見えなくなってしまったのだ。なあ歳、美のなんたるかの見えなくなっちまった男は、結局散ってゆくしかないのではないか」

「そうではない、近藤さん」

勇の声にひきかえ歳三のそれは、強い気迫がこめられ、きっぱりとした明瞭な響きをもっていた。

「闘うんだ、近藤さん。何も考えずに闘えばいいんだ。俺たちは闘いを求めて、生きなければならないんだ。最後の最後まで、闘いを美と信じ、生き続けなければならない宿命を負っているんだ。そうでなかったら、その美の前に死んでいった多くの同志たちの魂は、いったいどうなるんだ。芹沢鴨《せりざわかも》先生は、山南敬助《やまなみけいすけ》君は、伊東甲子太郎《いとうかしたろう》君は。いや、同志だけではない。俺たちが殺《あや》めた幾多の者たちの魂は、いったいどこへ行ったらいいというんだ」

歳三の切れ長の目が、行灯の光芒《こうぼう》を宿し、細い光を放っていた。

「いいか近藤さん、俺はあんたがここから動きたくないといったら、首に縄をつけてでも引っ張っていくぜ。沢山の同志たちが、そして俺が命を賭けた新選組の、その象徴たるあんたを、こんなところで野垂れ死にさせてたまるか。闘いの場はいくらでもある。会津に行こう。会津がだめなら、仙台へ行こう。仙台の先には蝦夷地《えぞち》だってある。この五体がある限り、いや、たとえ足を失い、手をもがれようとも、命ある限り闘うんだ。闘わなければならないんだよ、近藤さん」

勇と歳三は、酒倉の土間にゆらめく陽をみつめながら、その平行線をたどったままの会話を想い出していた。

明り採り窓のかたちの陽だまりは、だいぶその位置を変えていた。明るさも、心なしか弱まったように感じられた。

「……始めますか、近藤さん」

歳三は、かたわらの面鉄を引き寄せた。

「――うむ」

勇と歳三は、竹刀を手に、ゆっくりと腰を起こした。

5

二人の死闘は、それからさらに一刻あまり、黙々と休みなしに続けられた。

二人の体が踊る。

ビシビシッと、瞬時の音がはじける。

二つの体が交錯し、左右にはじけ跳ぶ。

間合。

静寂。

また二つの体が踊る。

音がはじける……。

えんえんとそれを繰り返していた。

どちらの竹刀も、とても肉眼で追うことは不可能なほどの、怖るべき速さだった。二人の技は拮抗《きっこう》し、いつまで経っても結着は着きそうになかった。共に相手の剣を、知悉《ちしつ》し尽していた。

三十年近くも、一緒に過ごしてきた二人なのである。親よりも、兄弟よりも、永い年月を共に生きてきた二人なのである。

「ダァーッ」

鍔迫《つばぜ》り合いから、歳三が、引き面、抜き胴と一気に撃ちかけて出たのは、疲労から、勇の呼吸に一瞬の乱れが生じたその刹那だった。

勇はハッとしたように、すぐさま擦り上げ面で応じた。

一瞬迅《はや》く、歳三の胴が深く決まったかに見えた。が、両者は、烈しく左右に跳びさった。共に、やや浅いとみたのだ。

六尺ちょっとの間合をとり、二人はまた睨み合った。

共に青眼、左足をやや引き、右の膝に余裕をもたせ、北辰《ほくしん》一刀流で『鶺鴒《せきれい》の尾』と呼ぶ、切先を細かに上下に揺すっていた。

その勇の切先が、すっととまった。同時にその体が音も無く舞った。

竹刀は弓なりにしなり、風を切り、歳三の面を襲うとみせ、瞬時に一転、小手へと疾《はし》った。跳び込みざま面で誘い、神業ともいえる怖るべき迅さで反転、小手を決めるのは、勇十八番、秘中の秘の決め技であった。

ビシッ。

一瞬の、だが大気をつんざく凄じい音が起こった。

両者の体は、高々と宙で交錯、互いにその立場をかえて舞い下りた。

すぐにまた向かい合った。

沈黙……。

「おそれ入った。俺の負けだ」

勇の竹刀が下がったのは、二、三呼吸あとだった。

「見事に返されたな、歳」

歳三は、勇の竹刀が面から小手へと翻った刹那、一瞬迅く、抑え小手で切り返したのである。

それはほとんど無意識の動きだった。

勇の十八番を知り尽しているがゆえの、無心の反射神経のなせるわざといえた。

いや、歳三の心の奥底では、勇がその技にくるに違いないと、冷静に読み切っていたのかもしれない。先ほどの歳三の胴は、やや浅いとはいうものの、一本といってもおかしくはない撃ち込みだった。それに勇が気づかぬはずはなかった。内心に焦りを生じた勇は、きっと最後の決め技に出る――、あるいは天才剣士歳三は、己れの意志、思考を超えたどこかで、そう考え、その一瞬を待ち構えていたのかもしれなかった。

歳三は、静かに面鉄をはずした。澄んだ眸《め》で、勇をみつめた。

勇もまた、歳三をみつめた。

長いこと、二人は無言でみつめ合った。

やがて歳三の頬に、うっすらと穏やかな歪《ゆが》みが生まれた。

「いや、近藤さん、私の負けだ」

その口から、意外な言葉が洩れた。

「残念だが、あんたの小手の方が迅かった」

「歳……」

歳三は、その勇に背を向けた。

「約束通り、……近藤さんは近藤さんの思う道を進まれるがいい」

歳三は、酒倉の戸口へ向かった。

「歳！」

歳三はふり向かず、板戸を一気に引いた。

6

土方先生は、幽鬼のようなお姿で出ていらっしゃいました。

覚束《おぼつか》ない足取りで私のもとまで歩まれると、そこでふと足をとめられ、桜の木を仰ぎ見られました。

桜はちょうど、一陣の風に舞い、いっせいにその花びらを散らしたところでございました。

淡い、幻のような花びらが、ひらひらと、ひらひらと、先生の髪に、肩に、襟元に、果てしなく降り注ぐのでございました。

その時、私は、見たのでございます。

先生の瞼が、不意に桜色に染まるのを。

先生は少し慌てられたように、私に背をお向けになりました。

長いこと凝《じ》っと、そのまま身じろぎもせずに佇んでおられました。

「権兵衛……」

やがて先生は、低くおっしゃられました。

「また……辛《つら》い、長い旅が始まる……」

先生のお声は、かつて聴いたことのない、まるで地の底から聴こえてくるような、暗く、淋《さび》しい響きでございました。

近藤先生はその夕、官軍に下られ、その夜のうちに粕壁《かすかべ》の本陣へ連行されました。ご無残にも板橋《いたばし》の原で斬首に処されましたのは、二十日後、四月二十五日のことでございます。

土方先生は流山を抜け、その後、宇都宮《うつのみや》、今市《いまいち》、会津と奥州《おうしゅう》各地を転戦、ついには蝦夷地にいたり、五稜郭《ごりょうかく》を占領、新国家を樹立なさいました。もちろん私が行動を共にいたしましたことは、いうまでもございません。翌る明治二年五月、上陸を開始した追討軍を迎撃、土方先生は単身斬り込みを敢行、箱館《はこだて》近郊一本木関門《いっぽんぎかんもん》付近にて敵弾を受け、果てられたのでございます。

その最後の闘いの直前、先生はこれ以上私がつき従うことを厳しく拒まれ、

「一死を免れるとも、なんの面目あって地下の近藤にまみえようぞ」

と不意にそう申され、にっこりと破顔されました。
美しい、それは美しい笑顔でございました。
私は今も、よく先生の、その透き徹るような笑顔を想い出すのでございます。

五稜郭の夕日

中村　彰彦

中村《なかむら》　彰彦《あきひこ》（一九四九〜）

昭和二十四年、栃木県に生まれる。東北大学文学部国文学科卒。文藝春秋勤務を経て、執筆活動に入る。昭和六十二年「明治新選組」で、第十回エンタテインメント小説大賞を受賞。これが実質的なデビュー作となった。会津史に深い関心を寄せ、会津及びその周辺を題材とした重厚な歴史小説が多い。平成五年『五左衛門坂の敵討』で第一回中山義秀文学賞、翌六年『二つの山河』で第百十一回直木賞、十七年には『落花は枝に還らずとも』で第二十四回新田次郎文学賞を受賞した。「五稜郭の夕日」は「小説宝石」（平13・7）掲載、『新選組秘帖』（新人物往来社　平14刊）に収録された。

一

雨足の強かった夕立が、そのまま梅雨時《つゆどき》特有のしとしと降りに変わった明治二年（一八六九）七月初めの黄昏《たそがれ》時のことである。東西九町（九八一メートル）の宿場町、武州《ぶしゅう》日野宿《ひのじゅく》に、その雨に打たれながら入ってきた小柄な男がいた。

古手拭いを頬かむりして蓬髪《ほうはつ》を隠し、蓑《みの》代わりにからだに茣蓙《ござ》を巻きつけているその姿は、物乞いにしか見えない。甲州《こうしゅう》街道の左右にならぶ旅籠《はたご》の客引きたちも知らぬ顔の半兵衛を決めこむうちに、この男は右に制札場《せいさつば》と問屋場《といやば》のある地点まで進み、道の左側に目をむけた。

そこに建っているのは、下手な武家屋敷など顔負けの日野宿一の大邸宅であった。門は、その右側に竹藪《たけやぶ》を繁《しげ》らせた両脇戸つきの冠木《かぶき》門。鉄板と鉄鋲《てつびょう》を打った門扉の左へ伸びてゆく垣根とよく手入れされた庭木のかなたには、総二階の母屋の黒瓦が雨に濡《ぬ》れて小暗く輝いていた。

それだけではない。街道と垣根の間には南北四間《けん》、東西四間、都合十六坪ほどの撃剣《げつけん》道場が建てられている。

ひとわたりこれらのたたずまいを見まわすと、男は意を決したように冠木門に近づき、脇戸をくぐろうとして身を屈《かが》めた。

と、その時、門前に怪しい風体の者がいると気づいたのだろう、その脇戸を内側からひらき、ぬっと馬面を突き出した百姓髷《まげ》の中年男がいた。

「なんだ、おめえは。だんなさまは物乞いなんぞに用はねえ、とっととゆきな」

それでなくとも武州は、ことばの荒い地方として有名である。

しかし、莫蓙をからだに巻きつけている男は怯《ひる》まない。下男らしい野良着姿の中年男に、逆にたずねた。

「卒爾《そつじ》ながら、その方の申すだんなさまとは佐藤彦五郎《さとうひこごろう》殿のことか」

「そ、そうだとも。それがどうした」

まだ脇戸の内に腰を折ったままの下男は、物乞いと思った男が武家ことばをつかうのに驚きながら答えた。

「ならばぼくは、彦五郎殿にお目にかからねばならぬ。さ、早《はよ》う案内せぬか」

「へ、へえ。けど、どちらさまがお見えと申しあげればよろしいので」

にわかにへりくだった下男に、男はまだ若々しい声で応じた。

「元新選組の市村鉄之助《いちむらてつのすけ》が来た、と伝えよ」


五分後、——。

古手拭いを外してすでに髷を落とした蓬髪をあらわにした市村鉄之助は、莫蓙も捨てて垢《あか》じみた麻かたびらと小袴《こばかま》につつんだまだ筋骨の稔《みの》らないからだを佐藤家中庭の軒下へ入れていた。秀でた額と三日月形の眉、つぶらな瞳がややややつれた面差のうちに姿よく収まり、その瞳にはなにかを思いつめている者特有の輝きがある。

やがて、その中庭に面した長い廊下のかなたから絽《ろ》の夏羽織に袴、白足袋《しろたび》をつけた恰幅《かっぷく》のよい人物が足早に近づき、

「いや、お待たせいたしました。どうかそのまま、そのまま。手前が当家のあるじ、佐藤彦五郎でございます」

端近《はぢか》に正座して軒下に片膝をつこうとする鉄之助を制し、ひろく取った月代《さかやき》と小ぶりな髷をみせて一揖《いちゆう》した。

「されば、まずはこれをお受け取り下され」

鉄之助は帯代わりに腰に結んでいた古い革の胴締めのなかから、油紙の薄い包み

のがある。

を抜き取って彦五郎に手わたした。切迫したその口調には、ことばを挟みにくいも

「拝見いたしましょう」

と答えた四十三歳の彦五郎は、大きな目と鼻の両脇の縦皺《たてじわ》が特徴的な男臭い風貌をうつむけ、手早くその包みをひらいた。

この時代の者たちは、文章を読む時には黙読するよりも音読することを好む。幅二寸しかない小切紙《こぎれがみ》をまず取り出し、彦五郎は読みあげた。

「使いの者の身の上、頼みあげ候《そうろう》　義豊《よしとよ》」

義豊とは幕末の京で新選組副長として勇名を馳《は》せ、鳥羽伏見《とばふしみ》から会津《あいづ》におよぶ一連の戊辰《ぼしん》戦争を戦ったあと、旧幕府海軍副総裁榎本武揚《えのもとたけあき》とともに蝦夷地《えぞち》へ北走した土方歳三《ひじかたとしぞう》の諱《いみな》である。

「おお、これはまさしく歳三の筆跡だ。市村さま、おみさまは箱館《はこだて》の五稜郭《ごりょうかく》に入ってからも歳三と行をともにしておられたのか」

彦五郎が思わず声を震わせたのは、歳三の姉おのぶこそ自分の妻だからにほかならない。

のみならず彦五郎は若くして撃剣を好み、みずから門前に道場を建てた男。文《ぶん》

久《きゆう》三年（一八六三）春に上京する前、江戸牛込《うしごめ》の試衛館《しえいかん》道場から師範代の歳三や沖田総司《おきたそうじ》をつれて定期的に出稽古にきていた近藤勇《こんどういさみ》と深く交わり、天然理心流《てんねんりしん》剣術の免許皆伝となって勇と義兄弟の盃《さかずき》を交わしてもいた。

昨慶応《けいおう》四年（九月八日明治改元）一月、鳥羽伏見の戦いに敗れて江戸へ還《かえ》った新選組が甲陽鎮撫《こうようちんぶ》隊と名を改め、この日野を経由して甲府城奪取にむかった時には春日盛《かすがさかり》と変名し、日野宿の若い衆三十余名からなる春日隊をひきいてこれに同行。甲州勝沼《かつぬま》で明治新政府軍に敗北を喫し、近藤勇や土方歳三とはばらばらになってしばらく近在に身をひそめていた。

そんな立場の者だけに彦五郎は、この明治二年五月十一日に新政府軍が陸海から五稜郭を総攻撃した際、率先出撃して討死したと聞く歳三の最期の模様を知りたいと思いながら梅雨空を眺め暮らしていたのである。

「はい、甲陽鎮撫隊は二百人近い人数でしたからおぼえておいでではなくとも無理はありませんが、ぼくもそのひとりとして御当家へ立ち寄ったことがありました。その後、新選組が箱館入りして箱館新選組となってからも、ぼくは土方先生づきの小姓をしておったのです」

軒端《のきば》から落ちる雨の滴を背にした鉄之助は、その包みにはもうひとつ別のものが入っていると思う、とつづけた。

うなずいた彦五郎が手に取ったのは、歳三の遺影であった。

「それは榎本先生や土方先生が蝦夷共和国政府を樹《た》ててまもなく、箱館の写真館で写したものです」

鉄之助の声を聞きながら彦五郎の見入ったその写真には、椅子に腰掛けた歳三の姿があった。髪はすでに髷を落とした総髪のうしろ撫《な》でつけ、黒ラシャのフロック形洋式軍服とズボン、膝まで隠れる革長靴を着用してチョッキも着こみ、そのチョッキに懐中時計《セコンド》の鎖をつけて左手には大刀をつかんでいる。

「ああ、そうだ、甲州勝沼で別れた時も歳三は洋式軍服を着ていたものだが、まだ革の靴などははいていなかった。歳三、なんと雄々しい死装束か」

歳三の眉に迫った切れ長の双眸《そうぼう》と通った鼻筋、きつく結ばれた唇を注視するうちに、彦五郎は我知らず写真に呼びかけていた。その写真を持ったいかつい手は、いつか小刻みに震え出す。

「これでようやく、土方先生の最後の御命令を果たすことができました」

鉄之助はつぶやき、緊張が解けたように頬に光る筋を伝わらせた。彦五郎も拳でぐいと目をこすり、しばらく顔を動かさなかった。

二

市村鉄之助は久しぶりに風呂に浸り、最初に顔を合わせた佐藤家の下男に全身の垢を擦《こす》り出してもらった。髪も洗ってさっぱりし、真新しい浴衣《ゆかた》を与えられて一室に案内されると、そこに用意されていたのは二の膳つきの食事であった。

「いいえ、物乞いのように装っていたのは盗賊よけのためで、別に食いつめた旅でもありませんでしたから」

といいはしたが、鉄之助はまだ十六歳の食べ盛りであった。名産の鮎《あゆ》の塩焼きと芳《かぐわ》しい味噌汁《みそしる》の香りに誘われ、飯を三度までおかわりしてから恥ずかしそうに弁解した。

「ぼくの生国《しょうごく》、美濃《みの》の大垣《おおがき》は鮎のおいしいところで、ついその味を思い出して鱈《たら》腹《ふく》いただいてしまいました」

「まあ、そう気になさらずに。これぐらいのことをさせていただかぬと、わしらが歳三に叱られますわい」

団扇《うちわ》で鉄之助に風を送ってやっていた佐藤彦五郎は、かれが茶を喫しおわるのを見計らっていった。

「長旅でお疲れのところ申し訳ないが、今宵《こよい》のうちにもう少し五稜郭のことをお話しいただけますまいか」

「それはもう。ぼくはそのために遣《つか》わされた使者なのですから」

鉄之助は、湯上がりの頬を紅潮させてうなずいた。

しかしかれは、紙燭《しそく》の点《とも》る納戸部屋に案内されるや思わず目を瞠《みは》っていた。その部屋の下座には、すでに佐藤家の家族六人が集まって、横二列に居流れていたのである。

前列は、いずれも麻かたびら姿の長男源之助《げんのすけ》二十歳、次男力之助《りきのすけ》十五歳、三男漣《れん》一郎《いちろう》十二歳。後列は腰の曲がった彦五郎の母おまさ六十三歳、妻おのぶ三十九歳、次女おとも六歳。髷を島田《しまだ》に結って眉を落としているおのぶは、弟歳三に似て色白たまご形の顔だちをしていた。

「おい、あさや。しばらくの間、だれも近づけてはならぬぞ」

振り返って下女に命じた彦五郎は、六人が鉄之助に挨拶するうちに杉の戸をぴたりと鎖《とざ》してしまう。

彦五郎は昨年三月に甲陽鎮撫隊が一敗地に塗《まみ》れたあと、賊徒に味方した不届き者として新政府軍に睨《にら》まれ、しばらくおのぶ、おと、おともとともに逃亡生活を余儀なくされた。重度の疥癬《かいせん》を病んで臥《ふ》せっていた源之助は八王子《はちおうじ》へ連行され、二日間にわたって訊問《じんもん》を受けた。

そんな苦い経験があったため彦五郎は、

（まだどこかに政府の密偵の目が光っているかも知れぬ）

と考えていた。

上座の座布団に座らされた鉄之助は、彦五郎が源之助のかたわらに正座して夏羽織の裾を払うのを見、居住まいを改めて話し出した。

「……蝦夷地の箱館港は箱館府の治めるところですが、箱館府はかつて旧幕府の造営した五稜郭という洋式城郭のなかに置かれていました。まず、われわれ新選組がどのようにして五稜郭を無血占領したか、ということから申しあげます」

昨年三月、甲州から散り散りになって江戸へ戻った近藤勇、土方歳三たちは、ふたたび新選組を名のって下総《しもうさ》の流山《ながれやま》に集結。隊士たちが出払っている間に近藤は新政府軍に捕われ、斬首されてしまったが、その後新選組は土方を隊長として旧幕脱走諸隊と合流し、宇都宮《うつのみや》城を陥落させたあと会津藩領へ入った。

しかし、頼みの会津藩も次第に孤立し、八月二十三日には鶴ヶ《つるが》城に拠《よ》って籠城戦を開始せざるを得なくなる。はるか東の猪苗代《いなわしろ》方面にあってこの籠城戦に加われなかった新選組は、仙台藩伊達《だて》家を頼った結果、品川《しながわ》沖から仙台湾へ流れてきていた

旧幕府海軍と合流することができた。

旧幕府海軍副総裁榎本武揚指揮、最新鋭艦開陽丸《かいようまる》を旗艦とする旧幕府海軍の七隻は、会津藩、仙台藩ともに降伏してしまったあとの十月十日、石巻《いしのまき》付近の入江から出帆。十九日に蝦夷地内浦湾の鷲《わし》の木《き》沖に順次到着し、二十二日から箱館五稜郭めざして陸路進撃に移った。

「ところが新政府の派遣していた箱館府知事はすでに逃亡していたので、われらは戦わずして五稜郭を奪い、榎本先生を総裁として蝦夷共和国政府の樹立を宣言することができたのでした。

土方先生はその下で、陸軍奉行並《なみ》、箱館市中取締、裁判局頭取の三つの重職を兼務され、箱館新選組は箱館の市中見廻《みまわ》り役をつとめました。隊士たちは黒ラシャの洋式軍服と紫色ビロードのチョッキが支給されまして、ぼくもそのチョッキを着たくて仕方ありませんでした。でもぼくはまだ十五歳だったため、市中見廻り役から外されて土方先生に小姓としてお仕えすることになったのです。

その後、松前《まつまえ》その他でさまざまないくさがありました。頼みの開陽丸も江差《えさし》沖で

難破してしまい、われらはすっかり多勢に無勢となってこの春の雪解時《ゆきげどき》を迎えたのでした」

そこで一息つくうちに鉄之助は不意に涙ぐみ、三日月形の眉を寄せた。

その後、圧倒的に優勢な新政府軍は、蝦夷共和国軍にはない七連発のスペンサー銃、遊底式五連発のスナイドル銃と大砲多数を装備して箱館平野に浸透。土方と箱館新選組ほかの旧幕脱走諸隊は夜陰に乗じて敵陣を襲いつづけたもののかえって少なからぬ死傷者を出してしまい、蝦夷共和国政府の劣勢は次第にくつがえしようもないものとなっていった。

すると、

「いよいよ新政府軍の総攻撃も間近らしい」

との噂《うわさ》が飛び交っていた五月五日夕刻、土方は五稜郭の木造瓦葺《かわらぶ》き望楼つきの庁舎のうちにある自室へ鉄之助を招いた。まだ和装で髷に前髪を立てていた鉄之助が入室した時、土方は丸テーブルを前にし、フロック形軍服に革長靴を着け、憂い顔で椅子に腰掛けていた。

土方は向かい側の椅子を鉄之助に勧めてから、おもむろに口をひらいた。

「ではその方に、大切な御用を命ずる。これより武州日野宿の佐藤彦五郎のもとへ旅し、これまでのわれらのいくさぶりを詳しく伝えてくるのだ、よいな」

「えっ、先生、それは」

あまりの意外さに、鉄之助は夢中でかぶりを振った。

「ぼ、ぼくは先生の小姓ですから、先生と御一緒に最後まで戦って討死する覚悟です。どうかその御用は、どなたか別の人に……」

「なんだと」

鉄之助がいいおわらないうちに土方は革長靴を鳴らして叫び、立ちあがっていた。そして大刀の鍔《つば》に左手の拇指《おやゆび》を掛け、眼光鋭く鉄之助を睨みつけた。

「その方、わが命令に従えぬと申すか。ならば是非もない、この場で討ち果たすぞ」

京都以来、倒幕派の志士たちを幾人となく斬り捨てた土方が抜刀の構えに入ると、古参の新選組隊士であっても息を呑《の》むほど空気がぴんと張りつめる。

「いえ、わかりました。それでは日野へ使者に立ちます」

青くなって答えた鉄之助に、土方は構えを解いて笑いながらいった。

「よしよし、実は今日の朝、箱館港に入った外国船がある。二、三日中に横浜へゆく船だ。船長にはすでにその方のことを伝えてあるから、これよりただちに乗船して出帆を待て。日野へ持っていってほしいのはこれとこれだが、港までは案内人をつけてやる。息災にな」

土方が指差したのは、テーブル上に並べられていた小切紙と自分の写真、そして革の巾着であった。

「遅れましたが、それがこの巾着です。二分金で五十両がそっくりそのまま入っていますから、お改め願います」

いったん話を中止した鉄之助は、いつのまにかまた浴衣の下に巻きこんでいた胴締めから巾着を取り出し、彦五郎の前にすべらせる。

「おみさま、これを路銀に使って下されば馬や駕籠《かご》を雇えましたものを」

彦五郎が驚くと、

「いえ、それはできません」

鉄之助は、また涙声になって答えた。

「土方先生からことづけられたものに手をつけたりしたら、泉下《せんか》の先生に合わせる顔がなくなってしまうではありませんか」

「ゆるりとおからだを休めなされ。いつまでおいで下さっても構いませぬのでな」

佐藤彦五郎のことばに甘え、市村鉄之助はその後しばらく佐藤家に逗留《とうりゅう》することになった。

三

鉄之助と土方歳三との最後のやりとりは、歳三が五月十一日に討死したことから逆算すると死の六日前の出来事となる。彦五郎は涙なしにその話を聞くことができなかったが、もっとも強い印象を受けたのは、鉄之助が巾着を差し出したあとにつけ加えた思い出であった。

五月五日の日暮れ時、案内役につれられて五稜郭の城門にむかった鉄之助は、慶応三年秋以来畏敬してきた土方とはもう会えないと思うと哀《かな》しくなり、庁舎を振り返った。すると瓦屋根の上の望楼から、フロック形軍服をまとった人影がこちらを見下ろしているのに気づいた。

しかし、それが土方だとは判じようもなかった。この時、五稜郭の上空は朱を流したような夕焼に染まり、漂う斑雲《はだれぐも》も灰色と朱鷺《とき》色とをこき混ぜた彩りに変わって妖しいまでに輝いていた。

「その逆光が徒《あだ》となってお顔が見えなかったのですが、ぼくは土方先生がぼくを見送って下さったのだといまでも信じています」

ということばで、鉄之助は五稜郭を去った経緯を語りおえたのであった。

日野宿は東に多摩川《たまがわ》、西へ二里足らずの八王子周辺に多摩の山並を見るためか、雲の動きが早い。夕日が八王子に傾いて日野宿の家並を翳《かげ》らせ、空と雲とを赤く照り映えさせるころ、その夕焼を仰いだ彦五郎は反射的に五稜郭の望楼にたたずむ土方歳三の姿を思い浮かべるようになった。

事情は、鉄之助にとってもおなじらしかった。

佐藤家から西へ半町（約五五メートル）ほどの地点には、日野宿の鎮守の八坂《やさか》神社が街道にむけて木の鳥居を据えている。間口二間、棟高五間、総欅《そうけやき》造りのその本殿には、天然理心流三代目宗家《そうけ》近藤周助《しゅうすけ》とその養子近藤勇および佐藤彦五郎をふくむ日野宿の門人たちの奉納した木刀二本が奉額に飾られている。

そう教えられた鉄之助は、毎日空が茜《あかね》色に染まる頃にはおのおのの仕立ててくれた小倉《こくら》の袴を着け、脇差《わきざし》を帯びてこの本殿に参拝するのが習慣となった。つづいて夕日にむかって長い間合掌し、べそをかいたように少し鼻の頭を赤くして冠木門の脇戸から帰ってくる。

——大垣には両親がおりました。兄の辰之助《たつのすけ》もぼくと一緒に脱藩して新選組に加盟したのですが、臆病風に吹かれたのか流山で姿を消してしまいましたから大垣に帰ったのかも知れません。しかし、両親はぼくたちの脱藩を藩庁からきつく咎《とが》められたと聞いていますから、いまさらおめおめと帰国する気になれないのです。

問わず語りに語る鉄之助は、そのはっきりとした口調、横浜から日野宿までひとり歩き通した胆力とともに、さすがに土方歳三が見こんだだけのことはあった。いまだ春秋に富むこの少年を自分とともに死なしめることはできない、と土方が考え、用事を与えて五稜郭から去らしめたのも彦五郎から見ればごく自然な発想と思われた。

だが鉄之助には、いささか問題がなくもなかった。十四歳にして脱藩、その後足掛け二年間戦旅にあったためであろう、読み書きの素養がひどく遅れているのである。

それに気づいた彦五郎は架蔵の四書五経の素読《そどく》と手習いを教え、源之助と力之助からも進み具合をさりげなく観察させるよう努めた。

十六歳の少年は、飲みこみが速い。鉄之助は砂に水がしみこむように素養を身につけたが、好みはやはり剣術であった。

彦五郎が竹刀《しない》、防具と稽古着とを与え、道場で源之助、力之助と立ち合わせてみると、父の手ほどきを受けてなかなか稽古の進んでいる源之助すら勝味《かちみ》がない。

「しかし、竹刀稽古というのは実戦にはさほど役立ちません。やはり本身《ほんみ》の刀を使い慣れなければ」

文机《ふづくえ》に向かう時と違って平然とうそぶいた鉄之助は、ある日佐藤家の竹藪に入りこみ、六方斬りの妙技を披露した。六方斬りとは、自分が円陣を作った六人の敵に取りこまれたものと想定し、六打の連続技によってそのことごとくを斬り捨てる高度な抜刀術である。

「はあっ」

と気合を発した鉄之助が舞を舞うように白い稽古着姿を旋転《せんてん》させると、カッカッと音を立てた六本の竹は、つぎの瞬間枝をざわつかせながらその頭上に落ちかかった。右斜め上方斬り上げに始まる六打に切断されたその青白い切り口は、いずれも角度が一定していて免許皆伝の彦五郎すら目を瞠《みは》ったほど。

「これはおみごと、さすがに五稜郭生き残りはお強い」

彦五郎が思わず手を打つと、

「いえ、御承知のように戊辰の戦いはほとんどが鉄砲のいくさでしたから、とてもぼくなどは」

髪を土方の遺影そっくりの総髪うしろ撫でつけにした鉄之助は、照れながらもまんざらでもなさそうに白い歯を見せた。この時も鉄之助の出てきた竹藪のかなたには夕焼がひろがっていて、その小柄なからだは朱鷺色の稽古着をまとっているようであった。

佐藤家を第二の箱館新選組隊士が訪ねてきたのは、明治三年（一八七〇）になってからのことであった。

四

隊士の名は、沢忠助《さわちゆうすけ》。

まだ京にいた時代の新選組に拾われ、近藤勇の馬丁をつとめていた勇み肌の男である。忠助も甲陽鎮撫隊に参加し、いつも赤ふんどし一本の出立《いでた》ちで近藤の馬の口を取っていたから、佐藤彦五郎もよく覚えていた。

まだ佐藤家に滞在中の市村鉄之助が初めてあらわれた日のように風呂と食事をふ

るまわれた忠助は、

「あっしは近藤先生亡き後は土方先生の馬丁となり、市村さん同様、会津、仙台、蝦夷地とお供をした者でござんす」

と来歴を語り、土方歳三の遺品だといって水色の組紐《くみひも》製の刀の下緒《さげお》を彦五郎に差し出した。

これは土方が仙台藩青葉《あおば》城におもむいた際、藩主伊達慶邦《よしくに》から下賜《かし》された品であった。

土方は五稜郭に最後の日が迫るや、鉄之助に用を命じて蝦夷地を去らしめるかたわら、この下緒を知己となった地元商人大和屋友次郎《やまとやゆうじろう》に記念として与えていた。土方が戦死していよいよ五稜郭の降伏開城が決まった時、忠助はひそかに近くの湯《ゆ》川《かわ》へ脱出。ほとぼりもさめてから箱館へ潜入して大和屋に面会し、これを見せられて彦五郎に届けると約束したのだという。

ざんばら髪で無精髭《ぶしょうひげ》も伸び放題ながら、忠助は月代を剃《そ》って髷を下馬銀杏《げばいちょう》に結いあげればさぞいなせな男であったろう。忠助は彦五郎から酌をされ、うまそうに盃を傾けながら土方歳三最後の突撃の模様を伝えた。

さる明治二年五月十一日、五稜郭にあって箱館半島先端の弁天台場《べんてんだいば》の味方が危ないと聞いた土方は、兵五百を率いてその手前の一本木《いっぽんぎ》関門《かんもん》へ走った。フロック形軍服に革長靴、額に白鉢巻を巻いて馬上白刃を振りかざしたかれは、赤ふんどしのみの素裸になった忠助に馬の口を取らせていた。

この兵力によって正面を黒々と埋めた新政府軍の第一線を抜いた時、

「よし、忠助、下がれ」

土方にいわれ、全身汗みずくの忠助は息を喘《あえ》がせながら馬の口を離してそのうしろ姿を見送った。

しかし、つぎの瞬間、新政府軍の第二線が一斉に射撃。土方は上体を反らしたかと思うと大刀を取り落とし、もんどり打つように落馬していた。

「先生！」

忠助がなおも飛び交う弾丸をものともせず駆け寄って抱きあげた時、すでに土方は息をしてはいなかった。……

この沢忠助は、京に女房が待っているので、といって佐藤家にはほんの数日間しか宿泊しなかった。

対して鉄之助の髪型は土方に似せてもまだあどけなさの残る表情は、このころからにわかに憂いを帯びた。読み書き手習いもしなくなり、案じた彦五郎父子が道場に誘っても、いえ、今日はちょっと、と答えるばかり。明治四年（一八七一）となっても、六方斬りに成功して白い歯を見せた明るさはすっかり姿をひそめていた。

それでも日暮れ時に八坂神社へ参詣する日々の習慣だけは守っているので、彦五郎は三月に入ったある日思いきってその後を追い、本殿の狛犬《こまいぬ》の前でたずねてみた。

「鉄之助さん、近ごろ一体どうなすった。その塞ぎこみようは歳三の刀の下緒が届けられて以来と見たが、沢忠助さんとの間になにかあったのかね」

すると夕日を羽織袴の背に受けて彦五郎の足元に長い影を倒していた鉄之助は、かぶりを振ったかと思うと唇を震わせ、

「彦五郎殿、どうか教えて下さい」

と、これまで抑えに抑えてきた胸の内を一気にほとばしらせていた。

「どうして土方先生は、ぼくを遠ざけてから討死なさらねばならなかったのです。沢忠助には最後まで供をさせたというのに、なぜぼくをつれて行っては下さらなかったのです。ぼ、ぼくだって新選組の隊士だったんだ、一緒に斬死しようといわれれば喜んでお供したのに」

そこでことばをつかえさせ、鉄之助はおいおいと泣きはじめた。

この時、彦五郎は初めて気づいた。鉄之助はようやく十八になったところだとい

うのに、土方とともに箱館に死ななかった自分をなおも恥としつづけていたのである。

「いや、きっと歳三はこう考えたんでしょう。鉄之助さんには生きてこの明治の御《み》世《よ》の行く末を見定めてほしい、と」

彦五郎は羽織の袂《たもと》から手巾《しゆきん》を取り出し、夕日に身を翳らせた鉄之助に手わたしたところではっとした。なぜかかれは、夕日に染まった五稜郭の望楼にたたずむ義弟に手巾をわたしたような錯覚に捉われていた。

五

鉄之助がそろそろ大垣に帰ると申し出たのは、この明治四年三月中のことであった。美濃国の旧大垣藩は、すでに岐阜県大垣町と名を変えている。

「では、二、三日だけお待ちを」

と答えた彦五郎は、旅仕度一式とまとまった資金とを与えることにした。一年半前に受取ったまま保管していた五十両を五十円の新紙幣に両替し、それに、蝦夷共和国政府発行の通貨で明治政府のそれと認められなかった分は自前で補塡して、餞《せん》別《べっ》として五十円。

百円という額は邏卒《らそつ》初任給の四年分以上に相当する。だが、日野三千石を管理する彦五郎にとってはせめてもの心尽くしであり、

（もしも鉄之助さんが戊辰の賊徒として大垣で白い目で見られても、充分暮らしむきが成り立つように）

との配慮でもあった。

しかし、日野を去った鉄之助はその後なんの消息もよこさなかった。

あけて明治五年の入梅時には立川主税《たちかわちから》という坊主頭の元箱館新選組隊士があらわれ、慶応三年から箱館戦争終結に至るまで書きつづけた自分の日記を寄贈してくれた。名づけて『立川主税戦争日記』。

四十六歳になってやや老眼の気の出てきていた彦五郎が目をこすりながら読むと、明治二年五月十一日の項はこう書かれていた。

「明ケ七ツ半時（午前五時）砲撃声《ほうげきせい》ニ郭中ノ人員城外ニ進ミ（略）箱館ハ只《ただ》土方兵ヲ引率シテ一本木ヨリ進撃ス。（略）七重浜《ななえはま》へ敵後《うしろ》ヨリ攻来《せめきた》ル故ニ土方是《これ》ヲ差図ス。故ニ敵退ク、亦《また》一本木ヲ襲《おそ》ニ敵丸腰間ヲ貫キ遂《つい》ニ戦死シタモフ。土方氏常ニ下万民ヲ憐《あわれ》ミ、軍《いくさ》ニ出《いず》ルニ先立《さきだち》テ進《しん》シ士卒共ニ勇（ヲ）奮フテ進ム、故ニ敗ヲトル事ナ

シ」

義弟土方歳三がただの剣鬼ではなく、兵たちから敬愛されていたことのよくわかる文面であった。

（歳三を慕ってくれたのは、あの鉄之助さんだけではなかった。だからこうして、ぽつりぽつりと日野を訪ねてくる元隊士たちがいるのだ）

と思うと、彦五郎はうれしかった。かれは三年前に鉄之助のきた日も梅雨空だったことを思い出し、一句詠んだ。

待つ甲斐《かい》もなくて消えけり梅雨の月

越えて明治七年（一八七四）二月には、佐賀の乱が発生。九年十月には熊本で神《しん》風連《ぷうれん》の乱、福岡で秋月《あきづき》の乱、山口で萩《はぎ》の乱が連続して起こり、物情騒然となった。ついで十年二月には西南《せいなん》戦争が勃発したが、九州のほぼ全域に及んだこの内乱も九月には薩軍《さつぐん》の壊滅によって幕を閉じた。

ただしこのころ、彦五郎に野次馬気分で西南戦争の帰趨《きすう》を眺めている余裕はなかった。十年一月十七日に、妻おのぶが四十七歳で病死してしまったのである。

葬儀もおわって彦五郎がその遺品となった針箱を改めると、その底には一枚の紙が大切にしまわれていた。

「使いの者の身の上、頼みあげ候　義豊」

と書かれた、あの歳三の絶筆であった。

（それにしても、鉄之助さんが大垣に帰ってもう丸六年だ。餞別がお役に立ったのならよいが）

髪は薄くなり、鼻の両脇の皺も深くなった彦五郎が八坂神社へ参詣して帰ってきた夕刻のことであった。これも初老となった下男が門の脇戸から飛び出してきて、

「あ、だんなさま、いまこんな手紙が届きまして」

と一通の封書を差し出した。

差し出し人の名は、岐阜県大垣町の市村辰之助。急ぎ開封した彦五郎は、おりから上空にひろがりはじめた夕焼の下で内容を走り読みした。

そこには、こう書かれていた。

「かつてお世話に相《あい》なりましたる舎弟鉄之助儀、先頃家を出て行方を絶ちおり候ところ、西南の役勃発後薩軍に加入、熊本鎮台を抜かんとして被弾戦死いたし候由、鹿児島県庁筋より内々に報じられたることに候。ここに生前の御厚誼《ごこうぎ》を謝し、とり

あえず一筆つかまつり候。不一」

　そういえば鉄之助は、辰之助という兄も流山まで新選組に加入していた、と語ったことがある。

（それにしてもあの鉄之助さんが、薩軍に身を投じて命を散らしたとは）

　一瞬茫然《ぼうぜん》とした彦五郎は、下駄《げた》を鳴らして西の空を仰いだ。今しも落日はちぎれ雲を灰色と朱鷺色混じりに染めあげ、荷車のゆく街道筋を影絵のように翳らせて八王子のかなたに沈もうとしている。

　その朱を刷《は》いたような夕焼のなかにおなじ髪型をした歳三と鉄之助の笑顔を見たと感じ、思わず彦五郎は呼びかけていた。

「鉄之助さん、あんたはそこまで歳三に死に遅れたことを気に病んでいなすったか。だからどうしても、もう一度政府軍と戦わねば気が済まなかったんだね」

　やおら夕日にむかって合掌した彦五郎を、野良着姿の下男は馬面をかしげて見つめていた。

　その後、彦五郎は南多摩郡の初代郡長に就任。明治二十一年にはそれまで逆賊とみなされてきた近藤勇、土方歳三の雪冤《せつえん》のため高幡不動《たかはたふどう》のうちに殉節両雄の碑を建立し、同三十五年九月に至って大往生を遂げた。享年七十六。

西南戦争に死所を求めた土方の元小姓、市村鉄之助二十四歳については、佐藤家所蔵文書にささやかな記述があるばかりである。

解説

細谷正充

本書『時代小説傑作選　土方歳三《ひじかたとしぞう》がゆく』は、先月（二〇二〇年四月）に刊行した『新選組傑作選　誠の旗がゆく』に続く、新選組アンソロジーの第二弾である。『誠の旗がゆく』が、さまざまな隊士の列伝なのに対して、こちらは土方歳三を題材にした作品を集めた。岡田准一《おかだじゅんいち》が土方歳三を演じる新作映画『燃えよ剣』の公開に合わせて刊行したのだが、映画の方は、新型コロナウイルスの影響で公開延期になってしまった。この解説を書いている現在、いつ公開されるか不明である。映画を楽しみにしていた多くの人も、がっかりしたことだろう。

だが、状況が状況なのでしかたがない。さいわいなことに本書は予定通りに刊行される。もちろん作品は選《え》りすぐり。バラエティ豊かに描かれた、六人の土方歳三の肖像が味わえるようになっている。緊急事態宣言で家に籠り、ストレス解消の手段として、読書に勤《いそ》しむ人もいることだろう。その中の一冊に本書が選ばれるなら、これほど名誉なことはない。それでは以下、収録した作品を解説していこう。

「よわむし歳三」門井慶喜

ミステリー作家として活躍していた作者は、二〇一三年に、伊藤博文《いとうひろぶみ》を主人公にした『シュンスケ！』と、榎本武揚《えのもとたけあき》を主人公にした『かまさん』（現『かまさん　榎本武揚と箱館《はこだて》共和国』）を刊行。歴史小説に乗り出した。二〇一八年に第百五十八回直木賞を受賞した『銀河鉄道の父』も、父親の視点から宮沢賢治《みやざわけんじ》を描いた歴史小説である。

江戸初期を扱った『家康《いえやす》、江戸を建てる』のような作品もあるが、作者の歴史小説のメイン・レンジは幕末から近代だ。その中には新選組も含まれている。たとえば『新選組颯爽録《さつそうろく》』だ。新選組の隊士を描いた短篇《たんぺん》集である。タイトルから察せられるように、司馬遼太郎《しばりようたろう》の『新選組血風録』を強く意識している。だが単なる後追いではない。独自の視点やアイディアを投入し、この作者ならではの新選組を創り上げているのだ。それがもっともよく表れているのが本作である。

物語は、まだ何者でもない若き日の土方歳三が、試衛館《しえいかん》に入門する場面から始まる。強者揃《つわものぞろ》いの試衛館のメンバーの中では、けっして強くはない歳三。だが時代の流れに乗った彼らは、そんなことを気にしてはいない。京洛《きようらく》で新選組の名前が高まると、用兵の才能を持ち、フィクサー気質の歳三は、組織の要として重きを置かれる。ところが歳三本人は、自分の弱さをコンプレックスとしており、なんとかしようと足掻《あが》くのだった。

新選組の鬼の副長であり、盟友の近藤勇《こんどういさみ》と袂《たもと》を分かってからも、箱館戦争まで戦い抜き、壮烈な戦死を遂げた歳三。そうした軌跡から、剣についても優れた能力を持っていたと思いがちである。しかし作者は彼の事跡を冷静に見つめ、ユニークな肖像を創り上げた。本書のオープニングに相応《ふさわ》しい秀作だ。

なお作者は、ひょんなことから新選組の料理人になった男を主人公にして、新選組の興亡を特異な角度から捉えた『新選組の料理人』という作品も発表している。『新選組颯爽録』が正伝、『新選組の料理人』が外伝。二冊併せて読むと、門井新選組の世界が、より深く楽しめるだろう。

「降りしきる」北原亞以子

今に残る土方歳三の写真を見ると、実に格好いい。女性にもてたというのも納得してしまう。だから本書にも、女性絡みの作品が欲しかった。あれこれ探して、これだと決めたのが本作である。ヒロインが意表を突いた人物だったからだ。なんと、芹沢鴨《せりざわかも》の愛妾《あいしょう》のお梅《うめ》である。試衛館一派による芹沢一派の暗殺に巻き込まれ、斬り殺されたことは周知の事実だ。そのお梅と土方に、いかなる男女の縁《えにし》があったのだろうか。

商人の父親が尊王攘夷《そんのうじょうい》の浪士に斬り殺されてから転落を重ね、新選組局長・芹沢鴨の女になったお梅。京の人々の視線は厳しいが、隊士の態度は温かかった。だが歳三は例外だ。お梅に対する態度は、常にそっけない。その日も、新選組の屯所《とんしょ》に来たお梅に、何度も帰れといった。これに反発するお梅だが、歳三のことが気になってならない。複雑な思いを抱えながら、外出から戻ってきた鴨の相手をするお梅だが……。

芹沢鴨とその一派が、試衛館一派によって粛清された一日を、作者はお梅の視点で鮮やかに切り取った。互いに好意を抱きながら、反発してしまう男女の物語は、現代が舞台ならば明るい恋愛小説になったかもしれない。しかし時代と人物の立場が、それを許さない。お梅の心情を描いてきた作者は、ラストで〝降りしきる〟ものに、歳三の気持ちを託した。これにより女性作家ならではの、土方歳三像が立ち上がっているのである。

「古疵《ふるきず》」火坂雅志

死者と生者が交錯する魔界都市。作者は京都を、このように捉えていた。京都の魔界都市ぶりを表現した作品も複数ある。本作の収録された『新選組魔道剣』も、その一冊だ。本の「あとがき」で、

京都は、花の都として人々の憧れの地である反面、古い因習や迷信にがんじがらめにされた裏の貌《かお》を持っている。勁烈《けいれつ》な武士道に殉じる新選組と、暗く湿った文化を内包した京都が出会ったとき、そこには軋轢《あつれき》が生じる。意外なことだが、新選組との衝突が、京都という町の闇をきわだたせ、ほんとうの姿をさらけ出してくれるような気が、私にはした。

と書いているように、これが作品の狙いとなっている。本作は、まさにそのような作品だ。斬り合いで作った傷が元になってできた足の腫瘍を、人面疽《じんめんそ》ではないかと疑う土方歳三を通じて、冷酷な男の心に潜む、人間らしい感情を巧みに描破しているのである。新選組とかかわった硬骨の医師・松本良順《まつもとりようじゆん》を効果的に使いながら、

業を背負ったまま死んだ歳三に、新選組の終焉《しゅうえん》を重ね合わせたラストは、余韻嫋々《じょうじょう》たるものがある。じっくりと味わってほしい逸品だ。

「逃げる新選組」早乙女貢

自身の血筋から作者は、幕末維新の会津《あいづ》に大きな思い入れを持っていた。その精華が『会津士魂』『続 会津士魂』であることは、いうまでもない。さらに会津とかかわった人々を題材とした作品も、幾つか存在している。会津と縁の深かった新選組の副長である土方歳三を主人公にした本作も、そのひとつといっていい。ただし彼を、贔屓目《ひいきめ》で描いたりはしていない。

物語は鳥羽伏見《とばふしみ》の戦いに敗れ、再起を図った甲陽鎮撫隊《こうようちんぶ》でも惨敗した歳三の姿が見つめられている。久しぶりに戻った故郷《ふるさと》で、かつて抱いた女と再会した歳三。女に迫られるも、これを拒んだ。ところが惨敗の後、女の身体《からだ》に溺れる。男の世界と、女の身体。ふたつの間で揺れる、人間臭い歳三の心が読みどころだ。

作者が巧みなのは、このストーリーを際立たせるために、鳥羽伏見の戦いの直前のエピソードを、冒頭に置いたことだ。このエピソードが、後の歳三と響き合い、物語の膨らみを生んでいる。ベテランの手腕を堪能《たんのう》してもらいたい。

「歳三の瞼《まぶた》」羽山信樹

本作が『代表作時代小説　昭和六十一年度』に収録されたとき、「作者のことば」

が寄せられた。自己の作品について言及することの少ない作者の貴重な文章なので、いささか長いが全文引用させていただこう。

実の親兄弟以上の関係の近藤勇と土方歳三が、流山《ながれやま》で官軍に囲まれた時、どうして袂を分ったのか——、私は長いことその疑問を抱いていた。二人が訣《わか》れたのとちょうど同じ季節、私は電車を乗り継いで流山を訪ねてみた。首都のベッド・タウンと化したその地は、春の澄明な光の中に鎮まっていた。造り酒屋の長岡屋、江戸川の河原、常与寺《じようよじ》、台地とそぞろ歩くうち、私の裡《うち》に徐々に二つの像が鮮明なかたちを描き始めた。近藤勇も土方歳三も、ひどく哀《かな》しい顔をしていた。私はその姿に胸を衝《つ》かれた。何故か、散りゆく桜の花弁が想《おも》われた。はかない、淡い幻想の花びらが、私の脳裡《のうり》いっぱいに拡《ひろ》がった。

日本を象徴する花である桜が、多くの人に愛されるのは、美しさと同時に、散るときの儚《はかな》さに魅了されるからである。滅びの美学を、そこに見るのだろう。新選組が愛される理由も、同じかもしれない。己の裡なる美のために生きて死にたいという信念を、一貫して持ち続ける歳三。鳥羽伏見の戦い以降の経緯により、その信念が見えなくなった勇。継戦と和議に意見の割れたふたりが、袂を分かつのは当然だ。そして作者は、最初に会ったときから歳三の哀しみに惹《ひ》かれた今田権助《いまだごんすけ》の回想を入れて、滅びへと向かう男の美しさを、活写してのけた。これほど男の色気を感じさせる作品は稀《まれ》である。

「五稜郭の夕日」中村彰彦

掉尾《ちょうび》を飾るのは、新選組関係の小説や歴史書を、幾つも上梓《じょうし》している作者の名品である。時代は明治二年。武州日野宿《ぶしゅうひのじゅく》にある佐藤彦五郎《さとうひこごろう》の屋敷を、元新選組隊士の市村鉄之助《いちむらてつのすけ》が訪ねてくる。ちなみに彦五郎は土方歳三の義兄だ。五稜郭《ごりょうかく》で歳三から、「これまでのわれらのいくさぶりを詳しく伝えてくるのだ」と命じられ、戦場から出された鉄之助。彦五郎たちに思い出話をした後も、屋敷に留《とど》まっていた。だが、歳三が死ぬまで側《そば》にいた、やはり元新選組隊士の沢忠助《さわちゅうすけ》が訪ねてきたことで、鉄之助は悩む。自分はなぜ、最後まで側にいさせてもらえなかったのかと――。

本作が最初に収録された短篇集『新選組秘帖《ひちょう》』の「あとがき」で作者は、

「巨体倒るとも」とおなじく、新選組後日譚《たん》というべき作柄です。西南戦争の薩軍《さつぐん》に加わった少年隊士もいた、そのことを書き止めておきたくて日野を歩いてからペンを取りました。

と書いている。史実なので書いてしまうが、西南戦争に薩軍として参加した鉄之助は戦死した。せっかく五稜郭で命を長らえながら、そのようにしか生きられなかったのは何故か。作者は鉄之助の言動を通じて浮かび上がってくる歳三に、理由を求めた。土方歳三のアンソロジーのエピローグとして、本作ほど相応しいものはない。

ついでに付け加えると「巨体倒るとも」は、島田魁《しまだだきがけ》が主人公(後にこの短篇を最終章にした長篇『新選組伍長《ごちょう》 島田魁伝　いつの日か還《かえ》る』が上梓された)。魁も五稜郭を生き延びたが、鉄之助とは違う後半生を歩んだ。こちらの作品もお勧めである。

最後に一言。本書のカバーは、明治の北海道を舞台にしたアクション・コミック『ゴールデンカムイ』の作者、野田サトルの描き下ろしである。『ゴールデンカムイ』の重要人物のひとりに、箱館戦争を生き延びた土方歳三がいる。これが実に格好いいのだ。その歳三が、カバーにいる。たった一枚のカバーイラストというなかれ。六作の小説と並ぶ、七番目の作品だと断言しよう。このカバーも含めて、土方歳三尽くしのアンソロジー。大いに楽しんでいただきたい。

（ほそや・まさみつ　文芸評論家）

本書は、集英社文庫のために編まれたオリジナル文庫です。

集英社文庫

誠の旗がゆく

新選組傑作選

細谷正充 編

貫く士道に迷いなし!
幕末期を疾風のごとく駆け抜けた集団、
「新選組」を描いた名品10編を収録。

◆収録作品

「ごろんぼ佐之助」池波正太郎
「豪剣ありき」宇能鴻一郎
「近藤勇の最期」長部日出雄
「武士の妻」北原亞以子
「隊中美男五人衆」子母澤寛
「密偵」津本 陽
「巨体倒るとも」中村彰彦
「総司の眸」羽山信樹
「祇園の女」火坂雅志
「さらば新選組――土方歳三」三好 徹

集英社文庫

野辺に朽ちぬとも

吉田松陰と松下村塾の男たち

細谷正充 編

変革の時代に力強く生きた男たちを描く
傑作5編が集結。

◆収録作品

「吉田松陰」海音寺潮五郎
「三条河原町の遭遇」古川　薫
「若き獅子」池波正太郎
「小五郎さんはペシミスト」南條範夫
「博文の貌」羽山信樹

集英社文庫

時代小説傑作選《じだいしょうせつけっさくせん》 土方歳三《ひじかたとしぞう》がゆく

2020年5月25日　第1刷　　定価はカバーに表示してあります。

編　者　細谷正充《ほそやまさみつ》

発行者　徳永　真

発行所　株式会社 集英社
東京都千代田区一ツ橋2-5-10　〒101-8050
電話　【編集部】03-3230-6095
【読者係】03-3230-6080
【販売部】03-3230-6393(書店専用)

印　刷　株式会社 廣済堂

製　本　株式会社 廣済堂

フォーマットデザイン　アリヤマデザインストア　　マークデザイン　居山浩二

ISBN978-4-08-744114-7 C0193